U0568758

我一点都不知道，我永远也不会知道：我旁边的小伙子是谁？他白天做什么？他的房间是怎样的？他在想什么？

——罗兰·巴尔特

明德书系
文化译品园
译介文化 传播文明

CARNETS DU
VOYAGE EN CHINE

中国行日记

【法】罗兰·巴尔特(Roland Barthes)◎著
【法】安娜·埃施伯格·皮埃罗(Anne Herschberg Pierrot)◎整理、注释
怀宇◎译

中国人民大学出版社
·北京·

关于本书

罗兰·巴尔特曾于1974年4月11日至5月4日到中国旅行，同行的还有弗朗索瓦·瓦尔［François Wahl，哲学家，时任色伊（Seuil）出版社人文科学编辑，主要是罗兰·巴尔特著述的编辑］以及由索莱尔斯[①]、朱丽娅·克里斯蒂娃[②]和马塞兰·普莱内[③]组成的《原样》[④] 杂志社的代表团。索莱尔斯和《原样》杂志当时都属于毛主义“潮

① 索莱尔斯（Philippe Sollers，1936— ）：法国作家，《原样》杂志的创始人之一。——译者注

② 朱丽娅·克里斯蒂娃（Julia Kristeva，1941— ）：保加利亚裔法国符号学家，索莱尔斯的妻子。——译者注

③ 马塞兰·普莱内（Marcelin Pleynet，1933— ）：法国诗人、小说家。——译者注

④ 《原样》（*Tel Quel*）：又译为《太凯尔》、《如是》，在这本书中，随行的翻译将其译为《如此》，是1960年由作家索莱尔斯创办的法国先锋派文学刊物，1983年停刊，并由《无限》（*Infini*）杂志取而代之。——译者注

流”的人物，对他们的正式邀请来自中国大使馆，是在《论中国》（*De la Chine*，1971）一书作者玛丽娅-安托尼耶塔·马齐奥奇（Maria-Antonietta Macciocchi）的提议下促成的。那是一次有组织的为期三周的旅行，费用由参加者自付。虽然他们受到了中国的一些作家和大学的接待，但实际上他们走的是一条预先设定的路线。他们参观工厂和一些景点，频频观看演出，出入饭店，而这些都是 20 世纪 70 年代所有来华访问的西方人必去的地方。中国的旅行社提供向导、政治对话者和旅行的物质保障，并注意防备旅行者与中国人有任何既定行程之外的接触。罗兰·巴尔特对这种缺少意外、缺少“皱痕”、缺少“偶遇事件”的情况尤其表示不满（这些都在“每一天的安排”之中“消沉了”）。

这几位法国人到达时，正值中国开展批判孔子和林彪的运动（即所说的“批林批孔”运动），这一运动为旅行的每一阶段都带入了有关政治形势的意识形态“考虑”，而这种考虑无不充满着习惯性的句法结构（即罗兰·巴尔特所说的“砖块”）。罗兰·巴尔特的这几本日记提供了对这一行程的旁观者的看法，这种看法注重细节、颜色、景致、身体、每一天的细小事件，而且他还幽默地加以评论。对所见、所闻、所感事物的记录与用方括号插入的点评交叉出现：思考、沉思、批评或是同情的语句，它们都是对周围世界所做的旁白。某些词语反复出现，表明了作者面对俗套时的无奈（“等等”）或退缩（“在外面……”）。

从一开始，罗兰·巴尔特就想着从中国带回一种文本。他就此用蓝色圆珠笔或碳素笔写了三本日记。前两本日记带有硬纸板封皮，一个是蓝色的（第一本日记），另一个是红色的（第二本日记），上面都有“螺旋小丑”的图案，都是从法国带去的。到了旅行后期，又补加了一个中国的日记本，这个日记本比较小，黑色仿皮漆布封面，在第一页纸（按照其被使用的顺序，也是最后一页）上印有毛主席的一条红色语录。这三个日记本都用红色碳素笔标注了页码。罗兰·巴尔特重读过这三本日记，为其建立了目录，并在第四个日记本中制订了主题索引。

从中国回来后，罗兰·巴尔特利用这些日记写了有关中国的介绍文字，并于1974年5月讲给他的高等实用研究院研讨班的学员们①。但是，他也撰写了一篇名为《那么，

---

① 见罗兰·巴尔特《作者语汇汇编》(*Lexique de l'auteur*) 一书，1973—1974年在高等实用研究院研讨班报告的内容，后附《罗兰·巴尔特自述》中未公开发表的片段，Paris，Seuil，2010。

是中国吗?》（“Alors，la Chine”）的文章（发表在5月24日的《世界报》上），这篇文章招来了不少批评[①]。随后，弗朗索瓦·瓦尔发表了四篇文章［《中国，没有乌托邦》（“La Chine，sans utopie”），《世界报》，6月15～19日］，再后来，又有整整一期的《原样》杂志［第69期，“在中国”（“En Chine”）］，在这一期当中，索莱尔斯、克里斯蒂娃和马塞兰·普莱内（他的文章在第60期上连载）阐释了他们对于中国的看法。克里斯蒂娃1974年春天的中国之行，在她的《论中国女人》（*Des Chinoises*）一书中有所反映，书中有许多旅行照片。马塞兰·普莱内随后又发表了他的日记片段：《中国之行：1974年4月11日—5月3日的普通旅行日志——摘录》（*Le Voyage en Chine*：*chroniques du voyage ordinaire—extrats*）（Hachette，P. OL.，1980）。

至今30多年里，罗兰·巴尔特的日记虽然未曾发表过[②]，但它们对于这次旅行中的事件和话语有着通常是非

---

① 一年后，该文由Christian Bourgeois出版社以单篇文章形式出版，后面有一篇未发表的后记，现收入《全集》第四卷（516～520页）。

② 第一本日记中的一些片段，曾以影印的形式发表于蓬皮杜文化中心举办的展览（2002年11月27日—2003年3月10日）的目录之中，展览主持者为玛丽安娜·阿尔方（Marianne Alphant）和娜塔丽·莱热（Nathalie Léger）。Seuil/Centre Pompidou/IMC联合出版，2002，209～225页。

常清晰的看法。它们对1974年的中国表现出了属于现象学方面的关注，它们更对人和事物感兴趣，而很少谈博物馆和考古景点。“在重读我的这些日记以便制订索引的时候，我认为，如果我就这样发表它们，那正是属于安东尼奥尼式的。但是，不这样，又怎么做呢?”（第三本日记）

安娜·埃施伯格

关于这个版本的说明

读者会看到一个简写与缩写表。罗兰·巴尔特的注释是用星号*标志的，出版者的注释都编排上了号码。这些注释由专有名词索引加以补充。

大部分简写都以容易辨认为原则来安排。同样，希腊语是根据音译来采用的。我们尽可能按照罗兰·巴尔特提供的中国人姓名的发音来排印。对于根据那些可辨认的姓名的拼音系统所做的排印，我们也在注释或索引中作了说明。对于中文词语和姓名，我感谢安娜·程（根据Anne Cheng音译）、刘燕（根据Yan Liu音译）小姐和罗朗·萨加（Laurent Sagart）的指点。我还要感谢下列人员在本书的编辑方面提供的帮助：娜塔丽·莱热、克洛德·马丁（Claude Martin）、阿兰·皮埃罗（Alain Pierrot）、马塞兰·普莱内、弗朗索瓦·瓦尔，我还要感谢埃利克·马蒂（Éric Marty）对本书的认真审读和所提供的建议。

所使用的简写和缩写：

F. W：弗朗索瓦·瓦尔

Ph. S. ：菲利普·索莱尔斯

Pl：马塞兰·普莱内

GRCP：无产阶级文化大革命

OPS：工农兵

PCC：中国共产党

PCI：意大利共产党

Agence Luxingshe（ou：Agence）：旅行社，是中国的负责旅游、翻译和政治对话的部门。

罗兰·巴尔特的著作：

《全集》一至五卷，由埃利克·马蒂重新审阅、勘误和作序［巴黎，色伊（Seuil）出版社，2002］。

目　录

第一本日记

1974年4月11日
3

4月12日
5

4月14日，星期六　北京
9

星期日，4月14日　北京
22

星期一，4月15日　上海
34

4月15日下午　天气晴朗
43

4月16日，星期二　上海
52

4月17日，星期三　上海
66

4 月 18 日，星期四　上海
82

4 月 19 日，星期五　南京
95

第二本日记

4 月 19 日，星期五　南京师范学院
115

1974 年 4 月 20 日，星期六　南京
120

4 月 21 日，星期日　南京
135

4 月 22 日，星期一　从南京到洛阳
146

4 月 23 日，星期二　洛阳
152

4 月 24 日，星期三　洛阳
177

4 月 25 日，星期四　西安
188

4 月 26 日，星期五　西安
202

第三本日记

4月27日，星期六
219

4月28日，星期天　西安—北京
234

4月29日，星期一　北京
240

4月30日，星期二　北京
247

5月1日，星期三　北京
258

5月2日，星期四　北京
272

5月3日，星期五　北京
278

5月4日，星期六　北京
300

第四本日记

307－308

附件一　主题术语索引
309

附件二　姓名、地名、专有名词索引
318

译后记
334

第一本日记

1974 年 4 月 11 日

4 月 11 日。准备动身。通身洗了个澡。忘记了洗耳 19
朵。等飞机起飞：这意味着，要耐心等待，一动也不动。还是不旅行好。

《巴黎日报》的反应。他们期待着“从中国返回”和“从中国回来后进行修改”①。难道他们不是尤其等我返回法国后进行修改吗？

---

① 《巴黎日报》（*Quotidien* de *Paris*），当时刚刚由菲力普 · 泰松（Philippe Tesson）于 1974 年 4 月创办。该报 1996 年停刊。罗兰 · 巴尔特在此影射《从苏联归来》(*Retour de l'URSS*)（1936）和《从苏联归来后的修订》(*Retouches à mon retour de l'URSS*)（1937）两书。书中，纪德批评了斯大林主义。（带有年代的注释为整理者所加）

奥丽机场（Orly），起飞晚点。索莱尔斯又到海关另一侧买了些香肠和面包，我们在候机大厅一起吃着。机上晚餐。由于座位狭窄，而且又是卧进了无数人造器物之中，依据经验，端给我们的只会是些简单的东西。但是，经验自然会在法国人的坏毛病面前退却（拉比什的一个剧本的名称）：迷惑[①]。晚餐内容是蚌肉拌生菜、鲜汁小牛肉、淡灰色加脂米饭——有两粒米正好掉在了我的新裤子上。

由于我在公共场合瞬间亲吻过他的手，他便一再对我
20 说：“你担心别人看见？”我回答：“我并不担心有人看见我们，我担心别人认为这种举动过时，也担心对你有什么不便。”[②]

从奥丽机场起飞：人们都扎堆坐着。有十几个中国人，都穿着高领黑色上衣，不过向导却身着市井西装。看上去，像是一群出行的修士。

---

① 《迷惑》（*Poudre auxyeux*）是欧仁·拉比什（Eugène、Labishe）的一出两幕剧（1861）。

② 这里，应该是指巴尔特与索莱尔斯之间的动作，前者是同性恋者，后者是异性恋者，巴尔特可能是担心在现场的后者的妻子朱丽娅·克里斯蒂娃产生猜疑。——译者注

4月12日

待更靠近一些看他们时（在机场大轿车里），那些修行者穿的却是区别明显的蓝色上衣：从远处看，是军团的一致性；在近处看，是个体之间的区别。军装式的领口很小。

整飞机的欧洲人（意大利人、德国人、法国人）都去北京。多么令人失望啊！他们都认为只有自己才配去那里。

再回到《巴黎日报》的反应上来，表明了它的伦理已经败坏。

多讨厌啊！只想获悉名人的不顺（有关私人出行的回馈），而无任何（财务上的）利益安排。

如果我应该受刑，那我就要求人们别指望我会勇于面对。我会希望在受刑之前先来个酩酊大醉（香槟酒加食物）。

他们蜷缩在飞机的后面，闭着眼睛，就像（我是怀着好意说的吗?）一些小猪、一些圆圆的小动物；在某种意义上，他们是被圈在一起的。

21 我愿意厚着脸皮对 J. L. 和 R. 说（他们会理解我的话）：按照写作上的用语，就是要成为某个人。

抽象地讲，中国有着无数可能的意义：历史概念的意义、伦理概念的意义，等等。我们的大演说家们可以任凭自己去说（L. S. [①]，格拉内等）。但是，在法国人看来，中国只有一个意义，这种意义在他们的许多著述中是以可信的方式提出来的。这种复数意义，甚至也是我们这方面的情况。感知能力的跳跃：从许多到一个。

---

① 这些缩写字母可让我们想到克洛德·列维-斯特劳斯（Claude Lévi-Strauss），他在《亲属关系的基本结构》（*Structure Sélémentaires de Laparenté*）一书中有一章专门谈到了马塞·格拉内（Marcel Granet）。

400 个签证刚刚被拒签*①。航空小姐对我们的旅行感到惊讶，她说："您知道此事吗？"

到达北京

"那么，这就是中国吗？"

年轻的军人：对一切都面无表情。微笑。

机场大厅：干净、庄严。皮质沙发。就像 50 年前的瑞士。

一个很大的红色长方形**。表面载体派②。

---

* 因为让·亚纳（Jean Yanne）的影片。（用*号标出的注释，为罗兰·巴尔特所做）

① 让·亚纳的影片《中国人在巴黎》（*Les Chinoisà Paris*）（1974），对中国作了讽刺性的介绍。译者补注：这部影片虚构了一支中国军队包围了巴黎，法国陷入恐慌，法国政府也准备迁至国外，而一位商人却计划从中渔利。时至今日，一些法国学者认为，这是当时"在中国'文化大革命'影响之下出于改变法国社会的思考"而产生的一部"理想主义的影片，其中，法国人比占领者更受讽刺"。

** 前面有两棵绿色灌木。

② "表面载体派"（Support Surface），指的是 20 世纪 60 年代末组织在一起的一组法国艺术家［万桑·布莱斯（Vincent Boulès），达尼埃尔·德泽兹（Daniel Dezeuze），克洛德·维亚拉（Claude Viallat）等］，他们因对于绘画基本材料的思考一致而聚集在一起。译者补注：这几位画家于 1969 年 6 月在勒·阿弗尔市（Le Havre）举办的画展上宣布："绘画的对象，就是绘画本身。展出的作品，只关系到其自身。它们不求助于'外在因素'（例如艺术家的人格、他的经历、艺术史等）……借助于在画作上出现的形式的断裂、色彩的断裂，绘画表面不允许观看者进行心理的投射或做梦境般的联想。"这一派画家只看重绘画材料、绘画动作和最后的作品，而排斥创作主体。克洛德·维亚拉曾明确地将他们的创作手法概括为"德泽兹在绘画无画布的画框，我在绘画无画框的画布，而塞土尔（Saytour）在绘画画框在画布上的形象"。该画派于 1972 年后销声匿迹，被认为是最后一支先锋派。

机场公路，道路很直，两侧是柳树。路上遇到一只狗，一位年轻的欧洲人穿着短裤在跑步。

翻译说：“今天‘天气凉’。”

偶像物件：沏茶用的大热水壶，外皮上印着花，姑娘和小伙子手上都有一把。

4月14日，星期六①
北京

天气灰蒙蒙的。没有睡好觉。枕头太高，而且硬邦邦 22
的。偏头疼。

昨天晚上：与向导们一起开会。旅馆小客厅。很大的单人沙发，垫肘布有点向上翘。

“礼仪”与摄像。

庄严简朴：衬衣不熨烫。

早晨6点，向窗外看了一眼。有人在打羽毛球。一个人打得很好，他们打来打去——只是打了几个来回，就像

① 4月13日，罗兰·巴尔特休息了一天。

吸一支烟那样。

身体呢？收缩与拉伸。一旁，有包。

无性别差异。

突然，一个男人瞬间闪现出一种色欲表情：那是因为他有一双智慧的眼睛。智慧就等于有性欲。

但是，他们的性欲表现在什么地方呢？

我认为，我丝毫不能说清楚他们，但是，我只能根据他们来说清楚我们。因此，需要写的，不该是《那么，这就是中国吗？》，而是《那么，这就是法国吗？》

一队队的小学生，举着红旗。布莱希特。寻找颜色。蓝灰色。红色点点。钢铁。土黄色军服。绿色军服。

天安门广场：一队队人群。正步走，正步走。哨声不断。

合唱。立体声。

马赛曲。

女小学教师、男小学教师。

帆布包，军用水壶。孩子们。军队的潜在力量。

12、14岁。他们手牵着手。女孩：书包、短上衣+短裤（裤腿夹）*。 23

不过，阳光灿烂，微风徐徐。这一切都具有魅力……

做编队练习。有几个人在队外。

在这里，老年人比孩子更出色。

没有一个人的皮肤靓丽。

混纺布质，条绒布质。

手臂纤细，目光无神，面孔有痘瘢。

属于“中国小学女教师”族类。

臀部很大。滑稽可笑。

故宫的灰色琉璃瓦。

北京可说的，还有什么呢？微风，有点被遮掩的阳光，温和，淡蓝色天空，几处云彩。

发型都是规则的。

真让人印象深刻！完全没有时尚可言。零度的衣饰。没有任何寻求、任何选择。排斥爱美。

---

* 它们也用这些夹子分开一点胳膊与手指。

另一种偶像标志：一位小学女教师手中的（电声）喇叭。

花园。日本樱花树，鲜花盛开的玉兰树，假山。几个小女孩在玩跳双绳，脚步多有变化，而不是机械地蹦跳。

一组组孩子在进行野餐。馒头，白色雪糕，苹果。

爱美之荒芜。

服饰的完全一致所产生的趋变效果。

24 这种情况产生了：平静、清淡、并非粗俗——以废除色情为代价。

就像是坐禅的效果。

两个男孩子互相掐着脖子，他们都过了 14 岁。但是，过了一会儿，谁都不见了。因此，出现了压抑。能说是有性欲了吗?

那些少有的英俊男孩子都很好奇，看着你——是接触的开始吗?

11 点 35 分，第一个性欲表示。一个调皮的穿土黄色衣服的人和他的伙伴嬉皮笑脸地看着朱丽娅。

气味。天安门广场上卖菜。历史博物馆。一条湿漉漉的狗，驴粪，酸奶。

下午 2 点，卢沟桥。

中国—罗马尼亚友好公社，或者马可·波罗桥[①]。

李弦（音译），革命委员会副主任[②]。侯秀芸（音译）女士，公社行政办公室主任。

——合并了 5 个合作社。

——为城里服务。

——蔬菜：去年 2 亿 3 千万斤＋苹果、梨、葡萄、稻米、玉米、小麦；2 万 2 千头猪＋鸭子。

---

① 中国—罗马尼亚友好公社位于北京马可·波罗桥（卢沟桥）附近。这座建于 10 世纪的桥，曾被马可·波罗出色地描述过，它因 1937 年 7 月 7 日事件而出名，因为那一天标志着中日战争的开始。

② “文化大革命”中，1967 年 1 月至 1968 年秋天建立了革命委员会，象征着从旧干部那里夺取了权力。革命委员会，首先是由站起来的干部、群众代表和军队代表组成的“三结合”，随后在 1968 年变为军队接管，它在恢复秩序的过程中起着重要的作用。

[长长的桌子，上面铺着淡绿色的漆皮布。每一样都是干净的。最远处，五个外皮绘有图案的大热水壶（他们的茶水加热器）。]

阶段：互助组→合作社→人民公社[①]＝生产获得了发展→所依据的原则：1）毛泽东说：人民公社好。2）“组织起来”。[他[②]清楚地知道年份与数字。]

25 [墙上：毛泽东画像＋语录＋公社的彩色平面图。墙下有一排椅子。]

端来了茶，总是有茶壶。

为什么有这些成果呢？

——土地搞平了；

——灌溉工程。550 台电泵。

——机械化：拖拉机＋140 台手扶拖拉机。

---

① 作为集体化的第一个阶段，互助组将一些家庭组织起来，通常是一些有亲缘关系的家庭。第二个阶段，是合作社，有初级社（20 至 50 个家庭，半社会主义性质的）和高级社（社会主义性质的，100 至 250 个家庭），20 世纪 50 年代中期普及全国。“大跃进”政策最终导致人民公社的建立，并在 1958 年夏天得到了发展。人民公社的基础组织是生产小队，上面是相当于过去高级生产合作社的生产大队，生产小队同时也管理着一些集体的农业机械。农村人民公社组织起 5000 甚至更多的家庭，它既是集体农业生产单位，也是工业生产单位。在党委领导之下，它还行使社会的、教育的、行政的和政治的功能，以及起着一种军事的作用。后来，人民公社数量有所减少，功能变得灵活，变成了纯粹的行政实体。1984 年，随着集体化的解体，人民公社开始消失。

② 这里说的是人民公社革命委员会副主任李弦（音译）。

[斟茶的女孩，面颊红润、农民装束、态度平和、牙齿白净、扎着辫子，在旁侍候。]

运输：110 辆卡车，770 个拖斗。

＝11 000 个家庭＝47 000 口人。

[向导对我们以你称谓。]

＝21 个生产大队，146 个生产小队。

＝10 个加工车间（机修，耕作设备，制砖）。

这些财富，都是我们自己积累的。

每一个参加劳动的人，每一年都得到 600 多元[①]。都是我们靠自己的努力获得的，没有要求国家投资。

毛泽东："应该关注农村的健康问题。"[②] 医疗服务免费（只能是在册人员）。

50 位赤脚医生[③]。每个小队有一到两名医生，每个生产大队有一个医疗中心。公社：卫生院。

[重新斟茶]

---

① 元：中国的货币名称，一元等于 100 分。

② 毛泽东的原话为"把医疗卫生工作的重点放到农村去"。——译者注

③ 诺尔曼·白求恩（Norman Bethune，1890—1939），加拿大医生，他曾经服务于红军。受他的启发，毛泽东从 1965 年开始提出了"赤脚医生"的想法。赤脚医生既是劳动者，又是医生，他们在接受了 3～6 个月的医学培训之后在农村行医。这一机制在 1966 年被城市里学习医学、毕业后被派到农村去的年轻大学生所完善。赤脚医生政策于 80 年代被废止。

教育：50所中学＋19所小学。

每一年：20个上大学的名额，由公社挑选。

80个商店：所有的商品与城里一样。

衣服：部分由公社提供。

还有一些不足之处。机械化水平。

26 参观

商店。我们受到了欢迎。水果（苹果，葡萄，梨。气味浓烈。）。

带有柳条编织外罩的大热水壶。[①]

非常干净，秩序井然。

在一个家庭（天气非常晴朗）。小块的方方正正的菜地。

母亲讲话：

解放前[②]，等等。

1949年，中国共产党把我们从水深火热中解放出来。

---

① 这里所说的“柳条”，很可能是作者对于“竹皮”的误判。——译者注

② “解放”指的是1949年共产党对于国民党的胜利。中华人民共和国成立于1949年10月1日。

1954年，我们参加了初级合作社。

1955年，我们盖了五间房。

三个男孩，四个女孩。大儿子（24岁）在工厂上班。

用上了电。

她的丈夫：制砖。

[我想到这样一点：所有的妇女都穿着裤子。裙子在这里消失了*。]

剩余的钱：放进储蓄银行①。

“现在的生活确实是非常好的。与旧社会作比较：天上与地上。”

[在这个家庭的参观，使人联想到荷兰马肯岛（Île Marken）上的房子。]

现在，妇女有权学习，有权去看电影等。

白天：5点醒来。

6点去田里干活。7点30分吃早饭。

10点休息。

12点，吃午饭。

---

* 传统的服饰就是裤子。

① 这里似乎应该是农村的信用社。——译者注

13点30分，工作→15点30分。

田间小息等。→晚上7点。

晚上：有时放电影。

劳动：每一天，计工分（男人按28天计算，妇女按26天计算）。星期天不休息。循环往复。

27 每10天中，有半天搞政治+每周三次学习。今天：批判孔子和林彪。林彪：想恢复旧的制度，为的是让农民继续穷下去。我们狠批林彪[①]。[一直是女人在理直气壮地说话。]孔夫子想恢复奴隶制社会。林彪也是一样，他和孔夫子如出一辙。

有几盆天竺葵。

在土路街道上。

---

① 《原样》代表团和它的陪同人员到达时，正值大规模批判孔子和林彪的运动，即所说的“批林批孔”运动。这一运动是“文化大革命”的“左派”1973年8月于中国共产党十届全会之后发起的，首先针对的是孔子，并借助于批判孔子而批判周恩来和当时开始恢复权力的温和派人物，如邓小平。激进派极力想把批判和对“文化大革命”的歌颂联系起来。从1974年2月开始，这一运动也结合对孔子的批判开始批判林彪，并下大力气扩展到群众之中。后来，这一运动逐渐地被温和派重新控制，他们改变了运动的主题，主要转向提倡生产。这一运动于当年年底结束。

在黑板墙上，有用粉笔写的诗。

第二家。篱笆围墙，低矮的果树正在开花。20 岁的女孩（就是开始时为我们斟茶的那个女孩）：有时候，她自己也写诗（她阅读描写英雄的小说）。

开心、称许、认同的时刻：两个班级，一个班在上英语，一个班在上物理（关于力的内容）。

学生们鼓掌欢迎。一副副面孔。教学器具简陋，但干净。我们赠送礼物。随后，他们又长时间鼓掌。

化学课。每一个座位上都有一个水盆和一个水龙头。

乒乓球。索莱尔斯打了几下。大玻璃窗户外面，天气非常晴朗，栽满了小树。

有电。英俊的男教师穿着蓝色劳动服*。

这一切都带有色情意味。

---

* 他的手柔软而温热，并且我了解到他是一名工人。

28 这些班级，到底有没有混文凭的学生、爱搞恶作剧的学生、坏思想的学生呢?

“要互相帮助。”

卫生院。盐酸。地上有水洼。五位赤脚医生，其中那位女的，长得迷人，像是日本人，她向我们介绍卫生院(她穿着一身长长的白色工作服，就好像她是在掩盖自己)。

晚上。木偶剧。

很大的郊区才有的大厅。潮湿气味浓重（参阅卫生院的情况)。感到压抑与不可避免：我们这两排上岁数的欧洲人被围在中间。不可能与别人混在一起。他们不愿意混在一起。我们的身体都被保护了起来。太特殊了。

夜间：平生最厉害的偏头疼——无法入眠与恶心。难受、心灰、恐慌。对于这一点，我最终认为，它象征着对白天的活动的完全拒绝，象征着在“是的，无话可说”与“不，我不想说”（即偶像崇拜者的“是的，但”）之间的断裂*。

---

* 对于俗套与多格扎（Doxa）的厌恶。

回想：也许，整个政治话语就像一种精神投入对象、一种压抑对象，加之该对象使他们成了非对抗性的、处事平心静气的。我们迁就大部分多格扎，而（有关身体的、激情的）话语的其余内容也就自由了。

星期日，4月14日
北京

天空灰蒙蒙的。冷飕飕的风。

29 **（新华[①]）印刷厂**

带漫画的手写大字报。孔夫子与荒诞。孔子的头被画成了漫画，丑陋。旁边，一个水泡中有一位美丽的母亲和一个婴儿（林彪曾经说过，他的父亲与他的母亲给了他一个完美的脑袋）。

① 即"新的中国"，北京的国营印刷厂［见马塞兰·普莱内：*Journal de voyage en Chine*（《中国游记》），Paris，Hachette，1980，P. 14］。

另一幅图像：林彪的飞机粉身碎骨[1]。[因此，俗套在产生一些"发明"。]

重复的多格扎：林彪与孔夫子有着相同的观点。

工厂负责人，同时是印刷厂的工人。非常漂亮的蓝色客厅。客厅四周摆放着天蓝色的沙发。我们坐在上面，就像坐在祷告椅中。东方的香水味。墙上有四位马克思主义者的肖像（其中有斯大林[2]）。

负责人致欢迎词。

1949 年，先是有 100 个工人，6 000 平方米面积。发展成：3 480 人和 8 个车间。

[负责人向我们敬烟，烟卷是装在绿色圆筒中的。上茶。]

[开场白总是准备得非常好，非常明确：声调很高，有数字。]

---

① 林彪元帅，是红军的杰出将领之一，他在发动"文化大革命"时起过重要作用，从而使毛泽东依靠军队战胜了当时的党内领导。他作为毛泽东"最亲密的战友"，曾在 1969 年被指定为毛泽东的接班人，后来不明不白地销声匿迹。他贸然阴谋杀害毛泽东。根据官方的说法，1971 年 9 月，他与他的家人坐飞机逃向苏联，因三叉戟飞机坠落在蒙古而毙命。

② 一直是马克思、恩格斯、列宁、斯大林。

印刷肖像与画报（工厂的北部车间）。南部：印刷马克思主义的书籍和杂志。

《中国画报》，17 种不同的语言＋阿尔巴尼亚语画报[①]＋少数民族画报＋《红旗》杂志＋小说（《红旗》杂志，220 万册，华北地区），1 万吨纸。

负责人批判刘少奇的路线：他们反对印领袖像，却印封建的书籍。先前的工厂就以此来为复辟资本主义制造公
30 众舆论。多亏发动了无产阶级“文化大革命”[②]。［在此，砖块[③]插入了进来：胜利地战胜了刘少奇等人的影响，等等。］

［哦，要是我能够细心地录下来这些砖块并说明其组合

---

① 1974 年，恩维尔·霍查（Enver Hoxha）深受毛泽东和中国的影响，曾获得中国在技术、财政和军事上的援助。

② 在“大跃进”失败和随之而来的大饥荒之后，刘少奇与其他一些领导人采取了一种实用主义的、相当自由的经济政策。他成了“文化大革命”的主要靶子和首批牺牲品：他于 1967 年被排挤，随后被解除共和国主席的职务，1969 年在被关押期间死去。他于 1980 年被恢复名誉。无产阶级“文化大革命”是毛泽东发起的，它似乎是一种权力斗争，针对的就是党的机制。这一运动依靠的是红卫兵猛烈的造反行为（1966—1967），在 1968—1969 年由军队接管后恢复了秩序。根据官方公布的历史，这一运动结束于毛泽东 1976 年去世之后。

③ 砖块（brique）是俗套的、熟语的一种单位：“实际上，整个话语似乎沿着一种陈词滥调（‘演讲’和‘套语’）的路子在前进，类似于在控制论上称之为‘砖块’的二级程序”见于罗兰·巴尔特：《那么，这就是中国吗?》，见五卷本《全集》第四卷，518 页。

规则，那该是多好啊！]

现在：《毛泽东选集》印4千万册，《红旗》杂志印1亿册。

我们工厂广大工人群众学习马克思主义和毛泽东思想的运动：在工作时间之外，有80个学习小组。

批判林彪。改正工作作风。所有的员工都投入了批判运动。在社会主义的转型过程中，政治路线是首要的。我们正在清除林彪集团的罪行［批判林彪：有着最为密集的砖块。在一句话的长度中，有多少砖块啊?］。真是誓言话语。另有一种砖块："两千多年前，孔夫子妄想恢复旧的礼仪。恢复旧的礼仪，就是恢复朝廷失去的天堂……"

［因此，（这位职业印刷者的）文化*越高，俗套就变得越多起来≠西方。］

林彪妄图恢复封建时代严格的等级制度。孔夫子妄想一种不适合百姓的"礼"。孔夫子与林彪是一丘之貉。［反复对比。］我们还处在这一运动的开始。

还有许多事情要做。

---

* 他真正只是政治方面的行家。

这已不再是花絮，而是本质。

31 林彪，成了每两分钟就被提到的适宜各种场合的替罪羊。

在楼道的上方，贴着用黑笔和红笔写的标语：欢迎《原样》代表团。

[显然，在这个工厂里，文化水平比较高。《哥达纲领批判》[①] 校样，等等。]

比起人民公社，对“文化大革命”的颂扬是不是更多了呢?

走廊里，有几大堆“文化大革命”忠诚实践者的图画。

有时，见到一丝甜蜜的微笑，使人感动（一位个子矮小的工人，从高处注视着他面前转动着的高大机器，那里正为阿尔巴尼亚赶印图像）。

索莱尔斯对那些数量极大、品种繁多的校样非常感兴

① 在《哥达纲领批判》（*Critique du programme de Gotha*）（恩格斯，出版于 1891 年）一书中，卡尔·马克思批判了德国工人阶级的两个组织想提交给 1875 年 5 月在哥达举行的联合代表大会的社会民主党纲领草案。这个文本是“批林批孔”运动的主要参照之一。

趣，因而拖延了参观。而我，则对那些旋转的印刷机和操作印刷机的那些身体（男人及女人）感兴趣。

最有吸引力的地方，在工人们中间。

年轻的女工，穿着蓝色工作服，戴着白色无檐帽。

这便是新华（新中国）印刷厂。

[既是最有兴趣的时刻，也是最难受的时刻。]

[还是那些内容：无产者有着善良的头脑，他们感动人、帮助人。但是，一旦成了干部，头脑就变了（我们的向导，负责人）。这是无法解决的。]

图表。“文化大革命”带来的好处。小物件（自行车、收音机、衣服、猪肉）价格大降。[这家印刷厂“文化大革命”味儿太浓了。] 但是，也正是这一点被用来批判林彪，因为林彪说过，从前更好。

为方框汉字分类。女孩子们在一些有三个墙面的隔室 32
里工作。依靠使用频率来分类（首先是分出使用最多的汉字）。

铸铅车间。四个女孩子围着一张工作台，她们在分检汉字。她们都是学校的学生：一个月的体力劳动。似乎并未让人感到不舒服——只是不太严肃。

仍然见到“欢迎《原样》代表团”的横幅标语。

要是在法国见到这样的工厂多好啊！《原样》杂志在法国是怎样的呢？

每到一个车间：鼓掌欢迎。“看来《原样》杂志和它的朋友们在中国的工厂里受到了欢迎。”

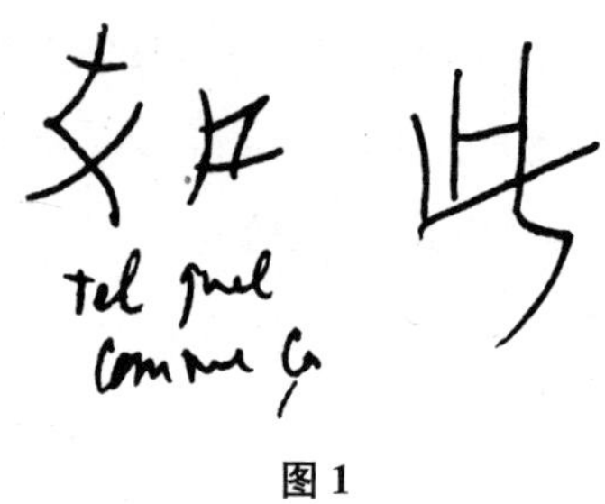

图 1

“巴尔特先生，工人们对我们的欢迎，是否有点假呀？”

所有的校样都是用油彩笔手写标注的。

唯一重要的是，无处不在时刻地、普遍地重新构筑（等级的、阶层的）官僚作风。

这一点非常重要：废除体力与智力的差别，也就是说 33
废除等级制、官僚制度。

一位个子矮小、精力旺盛的人[*]最后发言（很健谈）。林彪很想把毛泽东思想与马克思主义分离开，说马克思主义不是中国的。工人们起而反对：说他们很容易理解马列主义（林彪却说不是这样，而是毛泽东思想更容易理解：例如大字报就比《哥达纲领批判》好理解）。把拉萨尔与林彪等同视之（反革命阴谋）①。

毛主席说：在社会主义阶段中，阶级斗争每一天都在继续。相反，林彪则说，“文化大革命”一举清除了反动派。

[很少能对于一个具体问题有一种回答（“在工厂里还有阶级敌人吗?”）。有的是：数字与砖块。]

大字报＝是工人让干部学会了解问题、相信群众的张贴报②。

---

* 共产主义青年团负责人。

① 在《哥达纲领批判》中，卡尔·马克思批评了拉萨尔（Lassalle）的论点。拉萨尔是德国工人总协会的创始人，也是哥达社会民主党人唯心主义纲领的鼓动者。

② 大字报（dazibao），是用手写的、字迹很大的、带有政治内容的张贴报或广告，罗兰·巴尔特将其写成 TaTsiPao，这种写法已不再使用。但是，玛丽娅·安托尼耶塔·马齐奥奇（Maria Antonietta Macciocchi）在其《论中国》（*De la Chine*）（1971）一书中，也将其写成了 tazupao。

“无产阶级文化大革命。”

[他们似乎害怕他们之间有个人关系。我们看不到有这种关系。令人大为惊奇的是，在工厂甬道里看到一个工人向这位领导致意。]

在飞机场用午饭。

我们问赵向导：您读过黑格尔吗①？——没有，如果实践中没有这种需要，就不读。我们阅读与我们的实践有关的东西。

我们的向导表现出一丝鲜明的、多少有点机械的民族自豪感，他让我们不停地向他提出一些伤脑筋的问题来逗笑②。

34 [回想在印刷厂的参观和那些谈话。] 多格扎非常严重，是由大堆俗套加固构成的。但是，由于涉及一种组合规则，我们还是可以通过对某些俗套的遗忘或标记来解读，甚至

---

① 这个问题在当时正在准备中的《罗兰·巴尔特自述》一书的“如果我不曾读过……”片段中再次出现。

② 向导赵先生的态度，大概可以通过他有过一阵疑虑来解释。巴尔特把赵写成“Chao”，而我们则采用了在马塞兰·普莱内《中国游记》一书中按照拼音系统出现的写法。拼音系统是中国采用的有关汉语的字母与发音的誊写系统。

是破译那种（生动的、富有意蕴的）言语。

此外：强烈的、个人的思想（“政治意识”，分析的适应性）应该在俗套结构的缝隙之中被解读（而在我们国家，要创新，要避开多格扎的折磨，就必须消除俗套本身）。

从北京到上海的飞机（13 点 15 分）。

全新的波音飞机。有不少人戴着仿造的美国式鸭舌帽。航空小姐：土黄色工作服，有的梳着辫子，有的盘着头。没有微笑：与西方人的故作笑脸相反。

不论在什么场合，都没有微笑。

我们的航空小姐都长得娃娃相，严肃，扎着辫子，发给我们一个碟子、一把刀子、一个梨（像甜的白萝卜那样）和一条热毛巾。女性发型的类别：

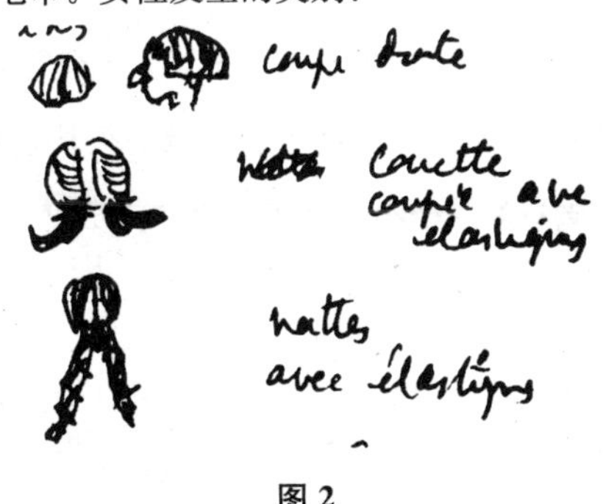

图 2

35 14点55分，上海。14度：天空灰蒙蒙的，不热，下了几滴雨。

这里更热一些。棕榈树。含羞草。香水气味。

受到了三位身着天蓝色衣服的人的迎接，其中一位是上海出版社的编辑。他们更像知识分子吗？他们不大像是负责导游的。各式眼镜（有变化，可以做出分类吗?）。

人很多，这里更具有吸引力。

许多由拼音[①]组成的标牌名称（似乎，是在教授两种方式）。

旅馆（和平饭店）：惬意、解放。旅馆很大，安静。奥地利—匈牙利和英国风格。玛莱娜·迪特里希1930[②]。对面是港口。英国人曾经的居住地有着庞大的建筑物群。

房间里有两个窗户。壁橱很大，像是一个房间。

在面对港口的一个小客厅里与接待人员见面，棕色的

---

① 见前面注释。

② 和平饭店位于上海滩黄浦江上，周围是过去的国际租借地。它于1929年开业，今天作为20世纪30年代的建筑艺术的见证被保留了下来，就像上海滩的所有建筑物一样。译者补注：经查对，该饭店开业于1919年。

帆船，帆小而高挂。桌子上铺着台布，沙发椅，烟卷，茶。叶雅理（音译）同志作介绍，他是作家和编辑。仪式：讲话等。

在旅馆周围短暂散步。非常好奇。所有的人都跟着我们、看着我们。目光频频投来。

有许多向我们表示友好的夫妻。

独自一人在旅馆周围散步。到最后还是独自一人。感觉很好。看到了一家服装商店。

18 点吃晚饭。

晚上：第一商场。文具柜，上衣柜，人群尾随。 36

随后，是友谊商店。古董赝品，毛笔，镜框。

星期一，4 月 15 日
上海

天色灰暗，十分冷。

早餐。对面是一个平台，远处是港口、帆船。一个人长时间地单独做着体操：既无肌肉活动，也无骨骼动作，是什么呢？是在“舒展”身体吗？是道[①]？

昨天，很高兴找到“发言”（Speech）这个词，但是赵说得更好：“聊天”。

向船厂走去。穿过一处宽大的居民区。由三个脚支起

① 中国哲学、特别是道教的关键概念。“道”指在任何事物上流动的基本力量，借助于换喻来指武术中运动的连接，它是掌握艺术和实现和谐的途径。

的煤炉子，煤球冒着烟。上轮渡之前，在汽车里休息。一个男孩在玩弹弓，属于三个年龄段的三位妇女在用木盆洗衣服，她们使用一块木搓板，就像在摩洛哥一样。许多人走来走去，许多自行车，许多菜篮子，许多家具，许多半扇猪肉，许多大的扫把，绳索。

（昨天，在汽车里，还是这种建议：不要给大字报拍照，这是中国的内政。）

快速地穿过黄浦江。鱼的腥味。很大的木筏。巨大的带有凹凸条纹的棕色船帆。有一丝阳光。

三个平民家的男孩子。一个在唱歌。渡船上播放着音乐。带有凹凸条纹的棕色帆的船。那么多的颜色啊！一会儿是蛋黄色，一会是灰暗的铁锈色，一会儿是灰褐色，一会儿是果仁糖的颜色……

大河的另一侧，是农村。一块块黄灿灿的油菜田。一 37
群妇女——真正壮似男人的妇女，头上戴着柳条安全帽，正在认真修建沟渠。

船厂。简直是大字报的狂欢节！

大牌子上细心地写着：欢迎《原样》代表团。

办公室。“Ladies”（“女士”）/“Gentlemen”（“先

生”)。

客厅，茶，香烟。一位妇女*致欢迎词。（革命委员会。他们是三个年轻人，两位妇女**＋一位个子很矮、眼睛机灵的人。）

（革命委员会的）臧同志（音译）介绍船厂（远洋货轮与河运船舶。造船与修船。）7 000 名工人，其中 1 400 名是妇女，有 10 个车间。

解放前：由官僚把持[①]，只修复船身。仅有 700 名工人。修船业务很少。今天，有多台 100 吨的吊车。解放后，船厂回到中国人民手中。发展迅速。“无产阶级文化大革命”。1969 年：建造多艘万吨远洋轮船［把“文化大革命”与生产效率联系在了一起[②]］［远洋轮船建造的神话：壮举与奇迹。“风雷号”轮船，取自毛泽东的一首诗的开头。］。

［上海的茶远不如北京的茶好，北京的茶呈金黄色，而且有香味。］

工人们：批判刘少奇修正主义路线，因为他说过，造

---

* 行政干部。

** 工会干部和女工。

① 指修复船身。

② 这该是当年的口号“抓革命、促生产”之意。——译者注

船不如租船或买船。[①]

［所有这些革命委员会负责人都是能说会道的人：个头不高，易激动，有活力，面带微笑。］

造一万吨轮船，就必须改造船坞（参阅下面的参观[②]）。 38
已经建造了 6 条船。现在，另一个船坞也正在建造，可造两万吨轮船。

［负责人对数字非常清楚。他很会讲话，很会构筑他的发言，很会讲得明白，无修饰，但带有与之相适的政治砖块。他是一位演说家。］

参观“风光号”（音译）轮船（161m×20.4m），载重：13 000 吨。

［小小的眼睛，闪烁着精明，总是向空中微笑，额前高高地留着一缕头发。小得像是一个孩子，那是一个爱激动和有魅力的女孩。］

---

① 对于修正主义的指责（《小罗贝尔词典》的注释是：“主张对于被教条式地确定的政治学说进行修正的意识形态立场”），在中国的背景下，指的是偏离毛泽东的路线，在这里指刘少奇在 60 年代之初执行的经济政策，这一政策被认为是修正主义的。这一术语也与后斯大林时代的苏联政策有联系（“苏联修正主义”）。关于刘少奇，请见前面的注释。

② 见原书第 40 页。

参观船厂。

一直戴着柳条帽。

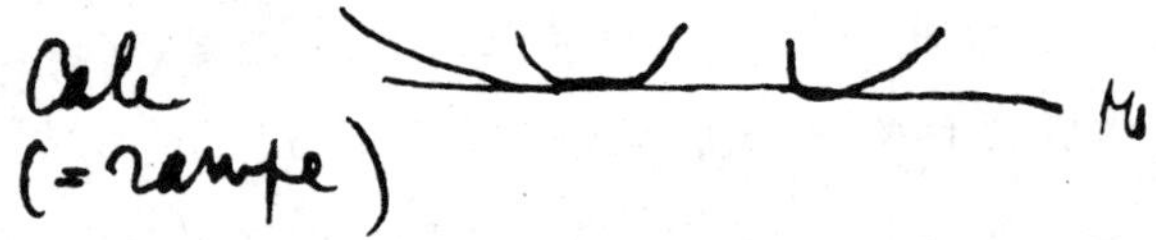

图 3

电焊工很年轻。白色工作服。又小又圆的黑色镜片。工作服里露出红色的领口。绿色柳条帽上有一条蓝带子。

这是一种没有性器崇拜的文明吗？出生率高吗？只需一根细细的膨胀导管即可*。

几个小伙子正在为张贴大字报的地方做一个很大的遮雨棚子。

39 我们参观一个很大的装满机器的车间，一些年轻人正像操作风琴那样独自操作机器。

我注意到，我们的小个子负责人有一双白净、细嫩的手。

有人让我们戴上柳条帽和白手套。

---

* 这是在看到一个长得极丑、但又性感的年轻工人时写的。

参观轮船。船长的房间。毛泽东的照片，他正在主席台前，手持一个烟嘴。

（正在修理的轮船是往来于上海—日本之间的。）

这使我想到了很多。

墙上总有毛泽东漂亮的书法（诗词）。红纸金字。

从艉楼上看去，船前方和泛有波浪的河水景色耀眼，中间有几条大船。天空晴朗。

一个年轻的工人，完美的椭圆形脸蛋，目光纯洁，眉毛浓密。

客厅里也是一样，黑板上满是大字报（是一位54岁的机械工写的，他说他乘着中国造的轮船出行感到非常幸福，他感谢救星毛主席赋予了他革命意识）。东方的香水味。

[性欲：仍然是、永远是一个完整的谜。]

[那位作家：似乎因为秃顶，他总是戴着鸭舌帽：他的秃顶受到他的严格保护。他把安全帽高高地戴在头上。]

工人们：他们似乎都平静地、心情放松地、注意力集中地工作，但也经常停下来。

（回到小客厅）讨论。[根据工地的不同，刘少奇和林
彪受到不同的评价。刘少奇：造船不如买船，买船不如租
船。林彪：想建造吨位非常大的船，为的是与世界上先进
的造船厂竞争，这是“极端左倾”主义的路线。参阅轮船
40 餐厅里毛泽东有关谨慎和不骄不躁的语录。[①]]

是一位妇女在给予非常具体的答复。

（那位妇女）发言：在一个 3 000 吨的船坞上，能造 1 万吨的轮船吗？技术人员说不能。但是，工人革命群众在相互商量之后说能（这是实践性的主题），等等。关于南京长江大桥的讲话（“毛主席的革命路线”）[②]（见图 4）。

女孩（第三位发言人）：工会的作用，是组织学习毛泽东思想原理，是把工人群众组织起来作为主要力量参与当前的批判。促进生产。在车间里组织竞赛。在工人中培养

① 林彪曾经是“文化大革命”的鼓动者之一。“批林”运动将这种左倾主义视同为实际上是右倾的和反革命的。那条语录可能指的是《毛主席语录》（第四部分，第 17 条）中引用的毛泽东 1945 年的一次讲话：“我们应该谦虚谨慎，戒骄戒躁，全心全意为人民服务。”

② 南京长江大桥是中国的标志性建筑，具有战略意义，它经常被当作例子来引证，是游客必到之处。它于 1968 年“文化大革命”之中建成，长 6 公里多，有火车与汽车上下两条可行路线。

图 4

新的行政干部，接收群众对造船厂领导的意见。组织体育和文艺活动（篮球、乒乓球、电影、工人自编自演短剧）。

在从造船厂返回的汽车里（已是中午时分，天气阴沉， 41
我困意浓浓，已临近偏头疼）。关于林彪，索莱尔斯使用了“意志主义”和“悲观主义”两个词（我不知是根据谁的讲话得出的），赵向导一个劲儿地跟我说话：话语含混，其充满激情和被人期待的段落是关于林彪的话，林彪是个伪君子，他想破坏“文化大革命”的成果，等等。

（久而久之）这样古怪的好事：这位头戴鸭舌帽的消瘦

的作家，使人想到了福柯[1]。他总是微笑着，完全不说话，他以作家的身份（就是以说话人的身份）到处陪同着我们。

[因此，他们的话语：有着对于砖块的组合规则，只有其微弱的变动显示出区别——无疑是需要细心辨认的。因为，它不属于我们的规则：这种语言学并不属于索绪尔语言学系统。没有个人习惯用语。他们大概没有谈情说爱的和社会逻辑学方面的话语。]

---

① 福柯（Michel Foucault，1926—1984），法国哲学家。——译者注

4月15日下午　天气晴朗

参观一处新的居民区，位于解放路的三瓜弄（音译）。

像是私人居住区。在一个房间里：茶，烟，餐桌。介
绍（是哪个地方革命委员会的一位妇女呢？——是这个居
民革命委员会的一位妇女）。工人居住区［我们到的时候，
受到居民们的列队欢迎］：欢迎法国朋友和《原样》代表
团。35栋楼房，1 800个家庭，共7 000人口。工人+教
师，医生，雇员。所有的公共服务都有：小学，幼儿园， 42
食品店，配件加工车间，理发馆，书店，银行。

从前：苦难的过去。1937年，日军入侵。该区遭到轰炸。[①] 1941年，很多人逃离，到处是乞丐。地主的压迫：

---

① 日本军队于1937年8月13日进攻上海。上海在被围困大约3个月后于11月7日沦陷。

这个地方住的都是穷人。天下乌鸦一般黑。即便是盖个小房（请看墙上的照片），也得向当地恶霸交钱。

[乏味的发言，从前/现在对比。统计关键词。]

我看了看我的茶杯：绿色茶叶已泡得大大的了。但是，茶色很轻，味道很淡，勉强像是一种汤剂，纯粹是热水。

1963年以后，建起五层楼房。1967年7月16日，全体入住。人们兴高采烈。居民们都购买毛主席像。热泪盈眶。穷人过去没有确定的命运，多亏了党和毛主席解救了我们。[情感性话语：低吟①。]

200名退休工人：党和毛主席给了退休金。身体上退休，但意识形态上不退休：我们还应该为社会主义建设服务，我们应该是自愿的。

[是制服式服装吗？当然是。不过，还是有一些区别，甚至是细微的区别！灰色或黑色的上衣：公务员、干部等。蓝色上衣：工人等。]

老年人协助教育孩子。讲述对旧社会的记忆。模范事

---

① 低吟，在中国传统文学中指“情感之歌”，多使用在押韵的诗歌中。

例：一个孩子在街上捡到了 4 毛钱，交给了革命委员会。为什么呢？孩子们回答：为了听从毛主席的教导等。 43

退休工人：有另外的任务，搞卫生。

每月房租：每平方米 3 毛钱。

参观（仍然是热烈欢迎）。车间里，都是妇女：每天使用继电器* 8 小时。有 10 张桌子，每张桌子上有 5 台机器＋其他工作。这是这个居民区的一个小仓库。外面，天气晴朗，树木，老人，孩子。有一股英格兰糖果的气味。尽管有阳光，但还是让人感到沉闷：每天 8 小时？女人们都不漂亮，她们都不说话。

在太阳光下（我出去了一会儿），赵向导说："过去，妇女在家里做家务和充当摆设。现在（他向车间里扭了扭头），她们得到了解放，不是为了赚钱，而是为了获得自身解放，为了建设社会主义。"

第二个车间（还是电业方面的）：除了一个小伙子，都

---

* 会不会是电瓶呢？

是妇女。小伙子身体虚弱："他患有一种慢性病，但是还能工作。"

简直是博物馆式的管理技术！一片旧的矮屋，进门的上方有一块牌子。小街道很迷人！有一个小而静谧的花园。

一位老人（72 岁）指给我们看三个住处：他从前的住处（他曾经是拉三轮车的，干了 27 年。充满感激的话语。关键词：从前/现在）。[这里：关于穷人的话题。]

[那位作家一直在那里：我注意到他的裤子穿反了，折边看得很清楚。]

44 那位老人（继续说着关键词）：从前是文盲。解放以后，上了夜校，已能够读书看报。他崇尚毛主席和共产党。

真可笑！[1]

老人说：1972 年，一位叫安东尼奥尼的意大利人……

---

① 这句话，在原书中是以小字体放在下面这段话边白处的，似应理解为是对这段话的评语。——译者注

安东尼奥尼……安东尼奥尼。但是，意大利人民对中国人民是友好的。安东尼奥尼是个两面派：他不拍摄六层楼，只拍摄那些留做参观的小屋（保留下来是为了教育孩子们）。当时，安东尼奥尼为了拍摄，竟滚了一身土！他在诽谤中国人民。

关于安东尼奥尼：他说话与苏联修正主义如出一辙，林彪和孔夫子一个鼻孔出气[①]。

这一切：老人都是在屋前说的。[多么可笑!]

幼儿园。都是三岁半的孩子，跳着红色集体舞。女孩儿们都做了打扮，红嘴唇，红脸蛋，头上戴着红蝴蝶结。短剧：在街上捡到了钱，交给了警察。风琴基础课。动作：太像蝴蝶夫人[②]了。

另外的房间，是另一种集体舞，孩子们都伸出了一个手指。

---

① 安东尼奥尼曾完成了一部纪录片（《中国，在1972》，*La Chine, en 1972*），这部纪录片引起了激烈的批判，特别是来自毛泽东夫人江青和她的一伙人的批判。至1974年1月底，对安东尼奥尼的批判与对林彪和孔夫子的批判运动结合在了一起，实际上是旨在动摇周恩来，因为是周恩来邀请了安东尼奥尼拍摄了这部影片。

② 意大利作曲家普契尼（Giacomo Puccini，1858—1924）的歌剧《蝴蝶夫人》（*Butterfly*）中的人物。——译者注

第三个房间，是一群小男孩：你好。短剧。我们马上表演军人动作。总是伸出一个小小的手指，手指之间是分开的。半化装。

参观一处公寓住房。一位退休的女工。四世同堂，8口人。三个房间。多亏了毛主席，我们能够接待外国朋友、法国朋友。

在旧社会……妇女没有权利，等等。

对旧社会的介绍。[区别介绍与发言。]

她继续说下去，加进了一些个人的意外事件（有一天，
45 她睡着了，监工打了她等）。

[叙事。重复，教诲：解读（lectio）[①]。]

[对俗套的反感的上升。] 讲话太长，太累了，懒得记录下去。

“生活”（叙事），只能按照圣徒传记的意义来理解。

退休：女 50 岁，男 60 岁。“我们在思想意识上并没有退休。我们应该报答毛主席的关心，我们应该出力，帮助

---

① 中世纪的一种经院式教学方法。Lectio 是对一种规范文本的评述性阅读，可保证理解的准确性。

教育孩子。”

讲话临时结束。提出和回答问题。关于无产阶级“文化大革命”的讲话开始了。在这一点上，更让人感兴趣的，是家庭内部的分歧：这个女工曾经在一个阶段参加过保守组织，在儿子的启发下逐渐醒悟了过来。

外面，一个女孩子站着，用四根签子在做编织。一个男孩在吃一碗米饭，米饭上是一些菜叶。他打一个更小的男孩，被打的孩子哭着跑掉了。

因此，场面分为两部分：1）关键词，叙事，解读；2）多亏了提问，个人习惯用语出现了些，“性格”开始显露（但不，套语立即重新出现：林彪使她明白必须反对资本主义复辟）。

在这个居民区，居民们每一周都有周会（星期四），批判林彪、孔夫子，铲除毒草。

又出现了恢复常规表达的情况。

关键词是一种言语活动，可它并不排斥诚恳、生活等。

第二家（即批判安东尼奥尼的那位老人家）。厨房装饰得很讲究，里面有两个女人在做饭。

46 气味很香。有两间紧挨着的小房间：很怪！

5 点 30 分。在旅馆里讨论。

1）索莱尔斯提出了中国人的爱情问题。

2）我只提了一点：言语活动问题，或者说：认同①。

晚　上

杂技场。12 000 个座位。

我曾在巴黎看过北京杂技团的演出，我记不得是与哪一个小白脸②一起看的。

---

① 在巴尔特的术语中，“认同”（assentiment）与选择（choix）是截然不同的。他在《罗兰·巴尔特自述》一书中，举了一个例子。朝鲜战争中一个法国士兵受伤，朝鲜小姑娘看到后把他带回村庄，他受到了村民们的接纳，后来留在了朝鲜。罗兰·巴尔特认为这是一种逐渐的认同过程，而不是一种选择。他接着说：“后来，过了很久（1974），在他去中国旅行之际，他曾经试图重新采用认同一词，来使《世界报》的读者们即他的范围内的读者们理解他并不‘选择’中国（当时缺少许多因素来明确这种选择），而是像维纳弗的那个士兵一样，在不声不响中（他称之为‘平淡’之中）接受着那里正在做着的事情。”（见《罗兰·巴尔特自述》，法文版 53 页）——译者注

② 罗兰·巴尔特是同性恋者，“小白脸”（gigolo）指男妓，下面一段文字也与此有关。——译者注

我一点都不知道，我永远也不会知道：我旁边的小伙子是谁？他白天做什么？他的房间是怎样的？他在想什么？他的性生活是怎样的？等等。他的领口很小，白色而且干净。两手细软，指甲很长。

音响师的工作非常成功。中国人是喜欢模仿呢，还是喜欢批判呢？这是不是某些东西的开始呢？

“批林批孔”运动（Pi＝批评，Pan＝打倒）

批 林 批孔

图 5

晚饭：

1）需要认真地对待他们。他们是无法加以解释的。

2）旁边的身体（在杂技场里）。在现场——但却是缺失的。

4月16日，星期二

上海

47 晴朗，有点儿凉。春天的早晨。

第二医院。花园迷人。随后，有潮湿气味。

大客厅。几幅领袖肖像。很大的桌子上铺着白色台布*。介绍。

万先生（音译）：革命委员会（他是一位儿科医生）＋麻醉科＋眼科＋各个科室①，行政办公室。

医院，1958年在“大跃进”中建立。人员：1 100人，744张床。医学院……

学生，每天3 000门诊。

---

* 铺台布，是为了说话，而不是为了吃饭，令人非常惬意。

① 该词为简写词，是阅读时推测出来的。

毛主席的原则：1）首先是预防。2）为农民、士兵、工人服务。3）医院中的群众运动。4）西医＋中医。

1）预防：日常疾病和传染病，巡回医疗队。

［茶非常好：颜色金黄，散发着茉莉花香味。］

2）中西医结合。30％的手术通过针刺麻醉来进行。

3）科学研究：特别是在日常疾病方面。例如：老年慢性支气管炎，关节病，骨性关节冠心病，癌症，白内障。

4）教学（介绍医学院的水平）。

仍然存在着不足。

在针刺麻醉下的胃切除手术。

电梯非常缓慢。有潮湿气味。每个人都穿着白色工作服。我们也装扮成医务人员。患者：52 岁。胃溃疡。6 根针：两根在脚上，两根在腹部，两根在背部。

一位大个子的医生，英俊，穿着蓝色衣服，长时间地 48
为患者涂抹药物。靠近头部，有一种电流刺激仪器。麻醉半个小时。操作区域，在患者脸前的一个三角地带。

穿蓝色衣服的人没有戴手套。

患者：眼睛睁着，有一点焦虑。（60 万例针刺麻醉手术。）

患者双臂交叉。在身体的上部更容易成功。

外科医生：高个子，戴着眼镜。有时麻醉效果并不理想。切开，切割。患者闭着双眼。实施针刺。各种标准。患者类型：

——不太胖；

——此前未接受过手术；

——不害怕（有心理准备，外科医生提前进行解释）。先作针刺测试。在针灸麻醉之前，服用一点点镇静剂。

手术在继续，向更深处切割。

靠近头部的地方，有两位护士操作着头部的针。

胃露出来了。

在一个角落，在一个散热器上，有一把旧的烧开水的水壶，一把带图案的钳子放在一张揉皱的纸上。

他睁开眼睛，又闭上了。胃慢慢地露出。

［患者躺在手术台上的期间，译文中传来了刺耳的噪音。］

（手术持续了三小时。）

患者睁开了眼睛，肌肉有些紧张：他有些恶心（护士多次轻轻地拍着他的面颊）。给他喂了一点水，为的是更好地重新安排探管的位置（为了排出胃肠气体）。

＝他是包装工人，是一位党员。

医院里有 35 名外科医生。

他长时间闭着眼睛，脸色苍白。

10 点 20 分。胃被取出来了吗？手没有痉挛。我们穿
着医院的衣服分组离开阳台；下面，护士们重新向上走来。
患者似乎在看着我们离开，神情极度不安（不，不该加什 49
么形容词）。

随后：穿过眼科门诊部。人们等在走廊里。鼓掌欢迎我们。

影片：针刺麻醉实施白内障手术（毛主席教导）。演示非常漂亮。

最后，离开了这一切。回到平静的大厅，桌子上铺着白色桌布，摆着盛有热茶的茶杯，香烟，外面的花园沐浴着阳光。

与医生座谈：

患者的病有心理原因吗？有的，但由于我们是社会主义制度，引发溃疡的心理疾病很少，等等。

[只有职业紧张的原因：比如开小汽车的司机。]

心理疾病：外部（社会的）原因不多［因为破产、“失

恋”（!）]。通过唯物辩证法可以治愈。上海：有一所精神病院＝内在原因引起的心理疾病，例如神经系统、遗传疾病（一部分是分裂症）。他们不同意弗洛伊德的理论，因为这种理论是唯性论的，而现实并不是唯性的。

有无年轻人的性张力呢？年轻人都被引导到努力学习和工作方面去了。生活内容健康。晚婚吗？女孩 25 岁，男孩 28～30 岁：自愿接受的，不是强迫的。

婚前有无性自由呢？性自由被认为是一种不道德行为，年轻人不接受。

自“文化大革命”以来，一种新的针灸学说：刺激更
强烈和时间更短≠传统。传统针法：下针柔缓，时间更长，
50 一直处于扎针的状态。但仍然是相同的经络理论。新的理
论是：集中刺激以攻击敌人（集中力量即集中刺激）。最少
的刺激穴位≠从前：从前是 360 个穴位，新的理论是 100
个穴位。上午的病例是按照新的理论实施的。

针灸：是人民两千多年的实践结晶。没有特殊的哲学可言。

医生与其他人员的关系：工作有分工，但政治上平等。他们之间的关系是同志关系。大的事情：大家一起上。医

生对于其他人员无任何特权。

[所有客厅里都挂着毛主席像，他的下巴上都有一颗黑痣。]

下午，天气非常好

在18层的高大建筑（上海饭店）的楼顶平台上。全景（非常漂亮）。整个上海像是芝加哥。棕色的城市，下面，汽车的喇叭声不绝于耳。

中国共产党会址（14点30分）

看到一组照片。

1921年7月1日。第一次党代会。12名代表，其中有毛泽东。秘密状态。

会址位于旧法国租界。

[大厅，棕红色木制物件。毛泽东年轻时的大幅照片，浓密的黑发。桌上摆着咖啡杯。]

[致欢迎词，但我们都是站着的。]

51 党代会：在这里开了四天。

[中间停了下来。]

随后，党代会被密探破坏。代表们不得不改换地方（在一个湖中的一条船上继续开会）。

当时这栋房子里住着一个普通的中国家庭。一位代表曾租下其中一个房间。

所有的家具、餐具，都是复制、重组的。

[因此，我认为，在我们看来，这个展厅和茶杯就是最初时的博物馆。]

房子的更远处：真实的展厅。毛泽东的老年照片（有黑痣）。茶。茶杯很漂亮（淡蓝色，上面有各式各样的花纹），香烟。

这栋重新修复过的房子的负责人，讲述了它的历史。

[茶水中无茶叶，有点儿乏味。]

大约在1920年，在中国有70人，6个小组＋在法国和日本的两个留学生小组。

毛泽东是湖南的代表。

[一直有马克思、恩格斯、列宁、斯大林的彩色石印像。]

12名代表的名单，以及他们生卒时间。

四个代表是投机加入的，是党的叛徒：他们的历史。（刘仁静 1927 年成了托洛茨基派，他 1929 年建立了反对列宁主义的左派组织。在中国的托派：在左派名义的掩盖之下，破坏共产党，与国民党勾结①。后来他改名换姓回到北京大学教书，直到解放。他受到刘少奇的保护。“文化大革命”中，他被揭发了出来。）

最后一名代表：李达，他是上海的代表。解放后，他 52
去武汉大学教书，1966 年因病去世。

列宁的代表（第三国际）：一位荷兰人马林，一位俄国人尼克诺斯基②。

他们都是知识分子（包括党的 70 名党员）。

党代会本身：它的内容。[这实实在在是一次组织非常好的授课。]* 当时的争论：是建立一个无产阶级政党，还是建立一个资产阶级改良主义政党。错误的“左”倾路线：

---

① 国民党是孙中山于 1911 年创立的，作为“国民的政党”，它于 1923 年与中国共产党组成了联合阵线，共产党在国民党中获得了多个重要职务。孙中山去世（1925 年）之后，蒋介石掌握了领导权。他于 1927 年发动“四一二”政变，从而破坏了联合（解除上海工会积极分子和共产党人的武装和进行大屠杀，随后是在其所控制的地区进行清党）。8 月 1 日，内战开始。

② 可能是格里高里·瓦廷斯基（Grigori Voitinsky，1893—1953），当时是共产国际（第三国际）“远东局”书记。

* 而且无任何注解！

一小部分人脱离群众，他们只在数量很少的中国工人中活动，其错误在于脱离农民。右倾路线，也就是错误的机会主义者：党仅限于宣传马克思—列宁主义观念，而不组织革命斗争，他们反对党的严格纪律：党＝俱乐部。

毛泽东批判了这两种错误的倾向。最后，形成三项决定：1）通过了党的第一个党章；2）确定了党的主要任务：开展工人运动，动员工人群众（实际应用：1921—1923年：中国工人运动大发展，组织起30万工人。但是，毛泽东也组织起了农民运动，而中国的农民占整个人口的80％）；3）选举党的领导；总书记：一位缺席者，即广东教育厅的厅长——陈独秀①。

1927年，危机：7万名党员减少到1万名（因为蒋介石的政变）。

（湖南）8月7日会议。毛泽东出席了：枪杆子里面出政权等。② 开除陈独秀。所有的右倾机会主义者都是孔夫

---

① 陈独秀，中国共产党总书记（1921—1927），中国共产党中央委员会在斯大林的压力下于1927年8月7日会议上排斥了陈独秀：他在共产党人于4月至7月的失败之后被指责为“右倾投降主义者”。他被指责在与国民党的联合中立场脱离实际，于1929年被开除出党，随后他成了托派的领袖。

② 毛泽东这一著名的格言，出自1938年的一篇文章（《战争和战略问题》），后收入《毛主席语录》中。

子的崇拜者。因此，应该把林彪与孔夫子联系起来。

陈独秀：后来转向了托派。极右派＝极左派！中国的 53
托派是与国际托派组织有联系的。陈独秀打着左派的旗帜，但他想的是取消革命：表面是左派，本质上是右派。

可结束了！

中国共产党的 10 次重大斗争：

1. 陈独秀（参阅上面）。

2. 1927—1928，瞿秋白，左倾[1]。

3. 1930，李立三，左倾。

4. 1930—1931，罗章（音译）[2]，右倾。

5. 1931—1934，王明，左倾。

6. 1935，张国焘，右倾（在长征过程中），逃跑主义路线。[3]

---

① 瞿秋白于 1927 年代替了陈独秀，他自己也于 1928 年被逐出党中央（“第一次右倾机会主义”），由李立三代替，李成了实际的总书记。李立三由于热衷于依靠工会进行城市革命，而被指责为“第二次左倾机会主义”和对 1930 年共产党军事斗争失利负责，遭到排斥，于是权力转移到了共产国际的代表及其一班人手里，其中包括王明。王明后来又被指为“第三次左倾机会主义”。

② 此处疑是罗章龙（1896—1995），他 1931 年因联合 30 余人反对王明而被开除出党。——译者注

③ 张国焘曾经指挥红四方面军，1935 年夏天他反对毛泽东的“长征”战略。

解放以后：

7. 1953—1955，高岗，右倾。

8. 1959，彭德怀，右倾。[①]

9. 刘少奇。

10. 林彪。

[房间宽大，庄严，非常干净。带红棕色窗棂的窗户，开向一个庭院，阳光照耀。长桌子上有一块玻璃板（下面压着一块花边台布）。靠后面，有两排椅子。博物馆的守卫（解说员），四位翻译，那位作家和一位妇女。] 只有毛泽东一人的头像挂在一面墙上，他看着对面墙上的四个人[②]。总是这样。

讨论（在短时间休息之后）：（17 点）。

与共产国际的关系是怎样的？与托派的关系是怎样的（右倾主义和左倾主义）？

（这位同志说他不想一个人回答，而是让大家都参与讨

---

① 高岗因搞分裂，主要是因在东北地区搞独立基地（“独立王国”）于 1954 年 2 月受到指责。高岗于 1954 年自杀身亡，对他的清算一年之后才公开进行。共产党又于 1959 年 8 月经历了一次重大的危机，彭德怀元帅因反对“大跃进和人民公社”而被革职。

② 是指马克思、恩格斯、列宁和斯大林。——译者注

论。他将说他自己知道的事。）

［我们想去看电影。但是，我确信我们去不成，因为这
一要求已被一再拖延。今天，人们对我们说：到南京再说 54
吧。也许是因为影片本身的原因。是不太好吗？］

毛泽东一再提醒说，他们永远不会忘记列宁和斯大林的贡献。

左派的错误是什么呢？因为他们的负责人不懂得把马列主义的普遍真理与中国革命的具体实践相结合。

后面的那位妇女在做记录，递给讲话的负责人一张纸条。她是谁呢？1927 年之前，第三国际起引导作用。随后，斯大林发表了中国革命而是错误的意见。但是，错误主要应该归咎于三位负责人，而不应该归咎于斯大林，或归咎于第三国际，因为那些人实施了一种教条主义的路线，把苏联的东西机械地搬到了中国（他们不明白，在中国，工人＝少数≠农民：农民是大多数）①。另一种错误：城

---

① 第三国际（共产国际），是 1919 年在莫斯科成立的，从 1924 年起由斯大林控制，要求中国共产党与国民党合作。这种合作一直延续到 1927 年，这一年中国工人阶级运动受到了严重镇压。在吕西安·比昂科（Lucien Bianco）看来（《1915—1940 年中国革命的起因》，*Les Origines de la révolution chinoise* 1915—1940，1967，«Folio Histoire»丛书，2007），在莫斯科的影响下，中国共产党犯的两个主要错误，一是低估了蒋介石所代表的危险，二是把宝押在工人起义上而没有发挥农民的作用。

市≠农村（人所共知的主题）。

［论证：这是正确的、为人所知的、缓慢的。这是对知识的极大纠正。］

“尽管斯大林一生中有错误（意识形态方面），但他仍然是一位伟大的马列主义者，因为他始终想革命。”如果斯大林晚去世几天，他会给苏联的阶级斗争问题找到答案。

托洛茨基反对社会主义在一个国家取得胜利。极左派。他主张俄国无产阶级革命只有在其他国家都爆发革命的情况下才能巩固。还有，他反对工农联合。斯大林对于托洛茨基的斗争是正确的。因此，斯大林不是右派和“左倾主义”的托派。这是一种篡改，是蒙骗群众。即便是在列宁时代，托洛茨基也从事反列宁的分裂活动。列宁曾揭露过托洛茨基。托洛茨基的话是骗人的。托洛茨基最终蜕变成了反革命分子（对于苏维埃领导人的谋杀）。1926 年，他与英国间谍联手。1929 年把他开除出党是正确的。1933 年，他在墨西哥组织第四国际。1934 年，他与日本结成联盟。1935，他与希特勒德国建立关系[①]。他从事反革命活

① 所有这些指责都来自于斯大林反对托洛茨基的宣传（尤其在 1936—1937 年的莫斯科诉讼期间更为猛烈）：破坏、间谍、与日本和希特勒德国结盟。

动，他与帝国主义建立关系。他徒劳无益地打着左派的旗帜，他帮助帝国主义破坏革命：右派＝左派。

中国的托派：数量一直不多。300～400 人，后来只剩下几十个人。国民党利用了托派分子来蒙骗年轻的革命者：他们搞破坏是大有用场的。实际上，所谓的左派＝右派。

终于结束了！18 点 10 分！

参观一个书店。

建筑物很大。

二楼：有展览鲁迅作品的橱窗①。预告新的出版物。地方很大，但有点儿空荡。有参观者。没有人群拥挤现象。

有一些桌子、椅子，老年读者和青年读者都非常投入地阅读。这是社会现实主义的景象。[天气冷，感冒了吗?]

晚饭之后。分组或个人游览。人很多。简直是寻花问柳的好地方！在友谊商店购物。

讨论。

---

① 鲁迅（1881—1936），被认为是中国现代文学的奠基人，特别是在白话文和中篇小说方面（《狂人日记》，1918）著作斐然，他还是 1930 年成立的“左翼作家联盟”的发起人之一。

4月17日，星期三
上海

56 天气晴朗。

小结：有效机制（在需求方面）是无可争议的，在（欲望）价值方面仍然是一个谜。在这里，各种价值还只是一些手段。

常设的工业展览。加里拉宫式的展馆①。

展厅：军工风格，很激励人。半身像，红旗，串串灯泡，闪光的红色文字。斯大林式的色彩。

展厅里，是谁在讲话？致欢迎词。数字。

---

① 巴黎的加里拉宫（Galliera），最初是展览时装和物品的，1977年成为服饰与时尚博物馆。

我们从高处观看一个摆满机器的大厅，机器都很干净，在那里空转。远处，是毛泽东披着大衣站立的全身石膏塑像，周围是红旗。

一位扎着辫子的矮小女孩口头介绍一台涡轮喷气发动机。

[远处，总是有四位日耳曼人和俄国人的肖像[1]——他们的对面是毛泽东。]

生产螺丝的机器。一个小伙子为我们开动了机器，他不停地看着我们。他的指甲修剪得很好。

生产钢笔卡子的冲压机。

赵向导：您懂机器吗？——不懂，但我在学习。——那很好，每天都在学习。

参观，等等。机器，介绍，年轻的女孩。

一队欧洲人，都很丑，他们紧跟着我们。这种越来越明显的相互拥挤的状况，使主任有点着急，他推着我们，喊着我们向前走，他像教堂管理人员带领人参观教堂那样
使劲晃动着手臂。我在每一台机器那里都只听到：在“文 57
化大革命”之前……

---

① 即马克思、恩格斯、列宁和斯大林。

主任是位矮个子的男人，长得有点像弗朗西斯·布朗什[①]……

轮船模型。

轿车、卡车、拖拉机展厅。

“上海牌”小轿车（我们的出租车就是上海牌轿车），仿伏尔加轿车[②]。每小时 130 公里。100 公里耗油 12 升。好漂亮的接待轿车。它中间的座位很高，一压按钮，就可以变成后仰靠背。我让人为我和朱丽娅拍了合影。

我们参观纺织品（院子里阳光明媚。10 点 15 分）。主任先是让我们对纺织品展台产生渴望，但却是在那组（很凶的）巴伐利亚人参观之后，才带我们来到了纺织品展台，从而成功地分开了两组人。

在一种类似咖啡厅的地方休息。藤椅，茶，香烟，通风。中间有一个花坛。

还是弗朗西斯·布朗什的讲话。

[茶水，味很淡，是温茶。]

---

① 弗朗西斯·布朗什（Francis Blanche，1921—1974），法国幽默表演艺术家。——译者注

② 伏尔加轿车，出厂于 1956 年，是苏维埃时代最大的轿车。

在人们介绍“文化大革命”之前与之后机器发展状况的讲话过程中，我正看着墙上一幅横向的放大了的毛泽东书法，整体上非常漂亮（草书[①]）：潦草、急促而富有空间感。我在思考“边框”问题。我自己的绘画：也有些书法板块上的安排，不是画面被切割了，而是板块在移动。

围绕着两张放有茶水的桌子，开起了小型的研讨会；他们很快就讨论起来了（关于政治方面的问题）。

结论便是，他们不停地被苏联人侮辱着，因为苏联人
任何时刻都对他们说这样的话：你们只能制造玩具式的轿 58
车，等等。但是，有了毛泽东思想的武装……（大跃进[②]）无产阶级“文化大革命”是被发动起来的工人们的首创。

[不管怎样，这个国家在彩色领袖肖像旁边放置了大量毛泽东的书法：他的书法具有千载难得的优美、诗意和个人形式。这是与绝对的平庸性对立的。]

有几个展厅，都是手工艺品。

---

① “草书”风格或潦草风格，是中国书法的风格之一。

② 在毛泽东的主张之下，“大跃进”（1958—1961）试图通过一种新的自愿的经济政策，来加快社会主义建设，以与苏联对抗：动员群众，制订大型工程计划，扩大集体化和创立规模更大的人民公社。这一运动的失败带来的是一场严重的饥荒。

玉石块（湖南）：三吨。雕塑作品：红旗位于最高处，玛瑙质的。12 位手艺人，用了两年半的时间完成：一些登山者爬上了喜马拉雅山。[但是，玉石为什么会吸引中国人呢？硅。]

人工花卉。

糯米粉制作的奶瓶。

[这些都很丑陋，就像应该如此。]

木雕作品：平庸，群体作品。

放大镜下，正雕刻着毛泽东的一首诗，45 个汉字放在一块很小的晶体块上。

医疗。针灸针。

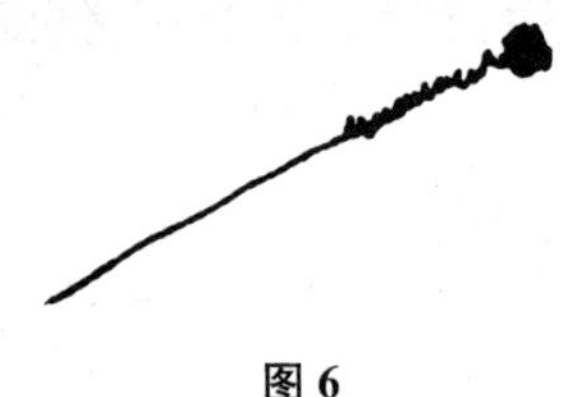

图 6

其他作品，都与电有关。

模型：一只老鼠在针刺的作用下躺着。

人的耳朵上几乎有着人体上的所有穴位。

（罐子里盛着）传统药性植物，药品就是用这些植物制作的。

大模型：原子结构。胰岛素的结构（1965）。 59

热水壶，缝纫机，剪刀，钟表，饼干，罐头，照片，乐器，打字机，2100 个按照部首分类的汉字，体育器具，乒乓球。

另一个展厅（11 点 45 分）。电影。短片：杂技，五弦音乐。

收音机，电影机。

医疗器械。向导们在催促我们，矮个子讲解员非常失望（每一个厅有一个讲解员）。

纺织品展厅。

平台钢琴，竖琴，手风琴。一个小伙子非常出色地弹着钢琴，激情洋溢，技巧娴熟。有点儿像流行音乐！

雕塑作品。群体雕像。穿着长袍的毛泽东，工人，士兵，农民。完全像是在山上传经布道。

毛泽东的书法，很多，越来越漂亮。只有这些书法是唯一的艺术作品。

12 点，参观结束。

乘小车返回（阳光灿烂，温和，已是春天）：沿途，人群如墙。人们在等待观看由市政府接待的 400 位日本人的到来（乘船）。

下　午

［由于明天要与哲学教师们见面，我们被要求提前准备，并提交一些问题，也由于我们今天晚上要与作家和向导们座谈，今天早晨就有人给了我们一个有关法国知识分子、杂
60 志、与共产党的关系、孔夫子在法国影响等的问题单子。］

午餐。我们就法国知识分子的状况进行了令人不快的争论，无法达成一致。

乘船在黄浦江上

阳光明媚，步行到船上。非常舒适。两位穿着白色衣服颇有魅力的服务员。笑容可掬，没有一丝坏意的阴影。

后面，是迷人的观赏亭，藤条椅，桌子，香烟，红旗。

在前面的厅里：船长在讲话（但另一组人来了。真晦气!）。

我们离开。船长又跟了过来。讲话。从这里到吴淞口（黄浦江与扬子江汇合处）：28 公里。

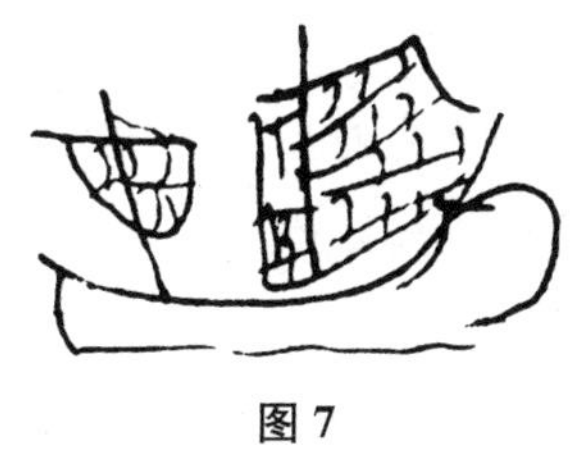

图 7

许多船，各式各样的船。

到了我们昨天看过的造船厂（右岸）。

太美了：那些大船停靠在长江的中间，有时两两挨在一起，延宕几十公里。总有一些舢板、帆船带有布莱希特风格的色彩。

一个半小时之后（15 点），我们来到黄浦江与扬子江的交汇处（实际上是走过了 28 公里的港口、28 公里各式
各样的船只）。交汇处越来越开阔，直到一望无际的真正的 61
海洋：蓝灰色的船只泊在无限的海疆上。给人的印象非常强烈。我们返回。

中国的帆船是令人赞叹的：黄色，蓝中透绿的监视仓，龙骨上的红色痕迹。船体上有某种管状褶皱。

一位身着白色衣服，负责斟茶的小伙子的微笑（他的微笑具有很强的亲近感。若是在其他时间……）。

在第四天末，非常想喝上一杯好咖啡。

船帆像是一块块缝缀起来的。

早晨，我给 P. B. 写了信，下午，我很想他……

头一天夜里，做了个痛苦的梦，其主题如下：我身处被我邀来的客人中间，他们人数很多，而我则被排斥在外。我有许多朋友，但却又没有一个是确定的朋友。我感到愤怒，这就更增加了我的被排斥感。

17 点，返回旅馆。天空一直晴朗。

休息和写明信片。

（自从我们离开以来，没有任何巴黎和法国的消息。）

晚上 19 点　讨论

同翻译和作家一起，在我们这一层的小客厅里。

旅行社头头的讲话[1]（矮胖子，戴着眼镜）。介绍作家。 62
“我们大家促膝聊一聊，都放松一些，想到哪里就说到哪里。”

我们的回答如下（索莱尔斯代言）：

1）a）关于法国的“哲学”杂志：

——《现代》（*Temps Modernes*），萨特主办（不大为人所知）。

——《批评》（*Critique*），折中派杂志（批评≠批判，批判：痛斥）。

——《新批评》（*Nouvelle Critique*），印数较大。

——《思想》（*La Pensée*），已经扩大了它的影响。我们认为，理论斗争主要是反对这份杂志[2]。

——周报：《世界报》（*Le Monde*），左派的联合报。

——《半月刊》（*La Quinzaine*），反华杂志。

[他们非常热心、热情、认真，他们之间不停地争论着。]

---

① 旅行社是中国的旅游、翻译和政治对话的官方机构。

② 《原样》、《新批评》、《战斗的马克思主义》（1948—1980）所针对的杂志，曾经是法国共产党的正式杂志《思想》。《现代民族主义杂志》（*La Pensée. Revue du Nationalisme Moderne*）是亲法国共产党的杂志。

重新回到《现代》杂志：提供了一些准确情况。

b）所涉猎的主要话题：

a、言语活动。

b、政府机构。政权（监狱，避难权，妇女，家庭，资产阶级道德，年轻人）。政权的危机。教育。

c、人文科学。精神分析学，社会学，人类学。

d、马克思主义内部的争论。

2）关于哲学理论领域的研究对象：

90％被资产阶级唯心主义所占领，人文经验主义。技术官僚主义。唯科学主义。

阿尔都塞。他的两个阶段。[①] 他的学生们都脱离共产党了吗？

3）关于苏联及修正主义对哲学理论的影响：

苏联的直接影响：非常弱。

---

① 大概指的是由阿尔都塞在有关1845年以前青年马克思的文章与有关历史唯物主义的文章之间所确定的认识论断裂。（见《为了马克思》一书的序，巴黎，Maspéro出版社，1965）路易·阿尔都塞在1948至1980年间曾执教位于乌尔姆（Ulm）街的高等师范学院。

共产党[1]的影响：非常大。

共产党：两头：（1）政治：亲苏联；（2）为诱惑人而 63
装扮门面：普遍都是折中主义，排除马列宁主义＝教条式修正主义（折中主义）。

[关于索莱尔斯：他对修正主义所作的大量的、不停的批判，是足够辩证的吗?] [也许，中国对修正主义的批判更为灵活、更为辩证。]

[真怪：这张铺着白色台布的椭圆形桌子，我们就坐在周围，而中国人类型很多，有的戴着眼镜，有的戴着安全帽，有的穿着制服上衣，他们都一边听索莱尔斯介绍，一边作着记录。]

[这一点正是索莱尔斯的长处：形象丰富，言辞肯定。他看着我们。]

索莱尔斯：共产党向小资产阶级知识分子建议的合同：我们在群众（下层建筑）中维持秩序，我们把上层建筑给你们。

[索莱尔斯完全默认对立的左派。这一切都是相当个人中心主义的：整个报界，都是根据其使《原样》承受的禁

---

① 这里指法国共产党。——译者注

令来被看待的。]

[比如普莱内举出蓬热事件作为法西斯主义的例证[1]。]

4）马克思列宁主义与修正主义之间的争论。

争论不太明朗。

5）《原样》杂志的工作。

无建立一个政党的打算。

6）色伊[2]。小资产阶级。极大的自由主义。

可能的飞地。

7）法国如何看待林彪和孔夫子呢？直到现在，很混乱，都不理解。我们回去后的任务之一，就是让人知道和向其解释清楚。

---

① 罗兰·巴尔特参照了弗朗西斯·蓬热（Francis Ponge）与马塞兰·普莱内之间的激烈争论，这种争论使弗朗西斯·蓬热这位诗人断绝了与《原样》的联系。弗朗西斯·蓬热曾批评马塞兰·普莱内在《艺术报》（*Artpress*）以小册子形式发表的有关布拉克（Braque）的文章，题目为：《那些人是为谁而相互理解的?》（«Mais pour quiseprennent ces gens-là»）。马塞兰·普莱内在1974年夏天的一期《原样》上发表了他的答复：《论政治道德》（«Sur la morale politique»）。

② 这里说的是色伊出版社（Editionsdu Seuil）。

中国人方面的最后发言。旅行社负责人说：我们没有时间再向你们谈我们的出版事宜了。关于“批林批孔”，我们清楚你们不会完全理解。我们也不完全理解，这个运动已开始引向深入。作为参与者的我们，在学习（《哥达纲领批判》、《帝国主义是资本主义的最高阶段》＋毛泽东的著作：《正确处理人民内部矛盾》）。大量学习马克思和列宁关于费尔巴哈的论述，恩格斯在这一点上论述得很好[①]，尤其是要结合现在。出版批判林彪和孔夫子的小册子。例如《上海杂志》发表批判林彪“天才论”和孔夫子“上天命定”的文章等，还有其他文章。[②]

---

① 卡尔·马克思：《哥达纲领批判》（见上面的引用）；列宁：《帝国主义是资本主义的最后阶段》（« L'Impérialisme, stadesuprêmeducapitalisme »）（1916，发表于 1917）；毛泽东：《正确处理人民内部矛盾》（1957 年 2 月 27 日的谈话）。恩格斯首次出版了《论费尔巴哈》（*Thèsesur Feuerbach*，是 1845 年由马克思撰写的），附在了恩格斯的《德国古典哲学的结束》（Lafindelaphilosophieclassiqueallemande）（1888）之后，文字有所改动。

② 官方报纸传播批判孔夫子和林彪运动的“砖块”。林彪对于“天才论”的辩解是与孔夫子的思想紧密联系的（例如“天意”和“天知”、哲人“生就知识渊博”之说等）。我们可以参阅克洛德·施米特（Claude Schmitt）汇编的文章集《1974 年 1—12 月批林批孔》［*Critiquede LinPiaoetde Confucius*（*Pi-lin-pi-kong*）］，日内瓦，Alfred Eibeléditeur 出版社，1975。

[话题重新回到《哥达纲领批判》上，很有趣。在批判林彪的运动中，为什么只重提马克思主义的一个乌托邦式的文本呢？这明显是有所安排的。]

[那位作家一晚上都没说话，这时，在他的鼓动下，有人给了我们《上海杂志》的电话。]

讨论：我们还继续吗？当然继续，我们把明天的内容也提前了。

作家发言了，他谈到了孔夫子和唯物主义学派（这是明天的第一个问题）以及中庸和极右派问题。

而中庸，或多或少是一种调和，是一种折中主义。林彪的态度告诉我们，在反对苏联修正主义的斗争中，不需要态度猛烈，不需要夸大。宣扬调和，就是掩盖苏联修正主义［这正是我刚才写的索莱尔斯所说的内容！］［正好在
65 “文化大革命”之前他就是那样说的］，就是向其屈膝投降。
因此，中庸＝实际上的右倾机会主义。现实的实践观点≠中庸，而中庸＝形而上学。在阶级斗争中，这是老好人的态度！［我觉得是针对我说的。］孔夫子：中庸，因为他想返回奴隶制度。林彪说：如果两方面都想和解，那么，就可以成为朋友［这些都来自于林彪家内的手迹］。另一个例证是，林彪说，我们不要继续进行对苏联修正主义的斗争，

不然，我们会失去一位朋友。林彪，是两面派人物。他把许多事情都掩盖起来，而不是说出来。对他，正处在揭发的阶段，我们必须揭露他。“571 工程”[①] 就是企求苏联的核保护伞。时间长了，你们这些法国人，会像我们一样理解这个问题的本质的。

林彪的路线根本不是“左”倾的，而是极端右倾的。他的路线表面上像是“左”倾的。

例如：“克己复礼”* ＝资本主义复辟。甚至企图谋害毛主席：5、7、1 工程。

汉语的同音词：5＝武器；7、1＝起义、暴动＝武装起义。

[遗憾的是，这位作家是最为俗套的。]

[这一切都是以林彪死后的“手迹”为基础阐发的。]

讨论会在 22 点 50 分结束！

---

① 林彪在一些基本点上反对毛泽东，特别是批评与美国的接近政策。对事件的讲述，是建立在传闻基础上的。1971 年春天，林彪由于担心被孤立，在他的儿子林立果的追随者们的帮助下，策划了一次政变，这一阴谋的详情，出现在“571 工程”(这一表达方式，根据不同的发音，可以意味着“武装起义”)中。面对计划的失败，林彪乘飞机逃跑，并在飞机于蒙古出事时死亡。译者补注：这一计划在当时被称为“571 工程”。

* 林彪在自己的手迹中四次引用这句话。

4 月 18 日，星期四

上海

66 天气一直晴朗，就像是在夏天——但是有一丝云彩。楼层里，满是穿着白色衣服的年轻服务员。他们无所事事，只是看电视、闲聊。这非常像曼谷的情景。

行李。

独自一人转了一圈。海滩的步行街上，到处是人（任何时刻都是这样）。港口很美，一望无际，像是在荷兰，一艘货轮正在离开，处处帆影，等等。阳光下的雾气。

[我们在上海的三位翻译中，最为亲切、最为温情的是：旅行社的张容庆（音译）。]

和上海的几位哲学教师座谈

上午9点。旅馆的小会客厅。回答我们昨天提交的问题。五个人都很年轻，其中一位是女性。都是复旦大学的教师。

1. 楚天阳：政治科学

2. 金……?：哲学

3. 一位女士：哲学

4. 方苏泽：历史

5. 英皮山：汉语。[①]

1）在孔夫子问题上的对立。两种对立学说：法家/儒家[②]。历史学家为人所知的关键词说明了问题：孔夫子：奴隶主义≠法家：上升的地主阶级。（边白注释：公元前221年。）

---

① 以上姓名皆为音译。——译者注

② 儒家看重建立在道德、等级和礼仪基础上的权利，而法家主张建立在规则基础上的治理。公元前221年是中国的奠基者、具有法家思想和神秘色彩的秦始皇统治的开始。

［有人拿来了我们定做的上衣。我兴致勃勃地离开了。试衣服。返回。人们在谈论人世。］

［在我们提前向他们提出问题的情况下，他们到头来会讲上一堂课。］

67 ［最初，当代表团进来时，那是对身体的“第一次”发现，难道这其中就没有什么东西属于某种萨德[①]式的伙伴关系吗？这个人使我高兴，那个人却不能，等等。］

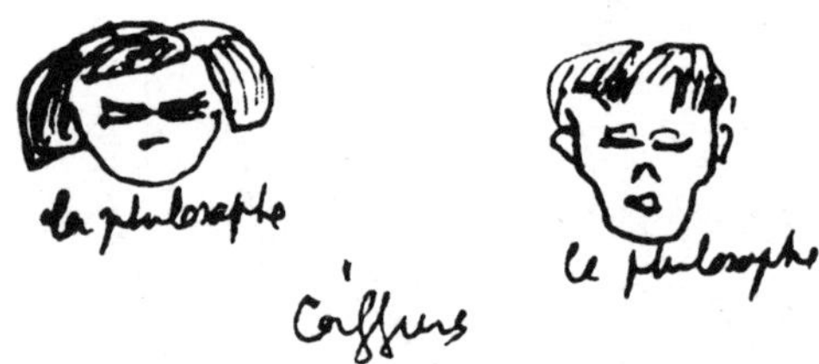

图 8

讲课内容很明确，从历史上引经据典。马克思主义的历史课。

［今天上午，为了作记录，我始终一动不动。］

［我们是在旅馆的“延伸”之处，这里有一个房间，两个客厅，可以看到港口。在其他时间里，这真是居住的天

---

① 萨德（Donatien Alphonse François，Marquisde Sade，1740—1814），法国情色小说作家。——译者注

堂——下面的码头上有挖泥船……]

10 点 07 分。关于法家的历史课还在继续。

[可以很好地分析茶的系统：耗时很长，桌子，台布，杯子放在柳条编的托盘中，大热水壶。时不时地向杯子里倒热水。有点儿乏味。但是，先是在桌子上，随后是在行为之中，有一种仪式、一种表演在把言语变为一种间接活动。]

[好像这种历史是曲线的：在当前（假设的）的危机中，这种历史借助于其人物、场景、力量、斗争、甚至情节，是象征性的、更高级的、超验的外在形象：为恢复过去而斗争。]

2）我们的问题：林彪，他能与孔夫子相提并论吗？今
天的习俗中有无孔夫子的残留呢？ 68

[今天早晨，那位亲切的向导对我说，可以重复提出相同的问题，以便最终弄明白。]

是那位男孩子模样的哲学家（很性感）在回答我们（见前页的图画）。

林彪：表面上的左派，本质上的右派。

[我们要了咖啡。真是大胆，真是快活。]

关于各种自由：自由市场，利益，生产队中的工作规范（≠今天），土地的出售，放高利贷，私营企业的管理。

刘少奇所要做的这一切，林彪都接了过来。

他竭尽全力复辟资本主义。

——可是，林彪与刘少奇斗争过呀？

——他表面上掩盖得很好，但继续执行刘少奇的路线。在“571工程”① 中，他说过他想为所有的敌人翻案（地主，富农，资产阶级右派），在政治上解放他们。而在国际方面：修正主义的帝国主义。

林彪与“克己复礼”、“中庸”。

孔夫子的这些训词：实际上，它们是复辟奴隶制的政治原则。

中庸：奴隶制系统的道德价值。孔子反对社会进步。他拒绝区分主要矛盾与次要矛盾。然而，解决矛盾的方法：只有斗争，然后又出现新的矛盾（马克思主义的教导）。林彪：形而上学的态度。

——那么，儒家的魅力是什么呢？——它曾经是革命

① 关于“571工程”，请参阅原书第65页（即本书第81页）。

的学说。在社会生活的各个领域都有残留，例如在知识分 69
子那里：蔑视工人和农民（我们没有听明白这个问题：属于人种社会学方面的不理解），“学而优则仕”的观念，拒绝知识分子融入群众的观念。孔子的另一个训词：应该让人民在不理解的情况下去做事[①]。同前。林彪说：老百姓只想着油、茶、黄豆、醋、盐，也就是说，家庭事务。“批林批孔”运动：提高人民大众的政治水平。林彪妄图建立林家的法西斯王朝。

[通常是，回答都远离所提问题，随后才逐渐有所明确。]

林彪：出身于地主和商人家庭，是资产阶级。

——周恩来在运动中扮演什么角色呢?

——他在以毛主席为首的中央委员会。中央领导是团结的。

[似乎应该重新采用以下记录：这些长篇讲话的设计、俗套（砖块）、比较、曲线、修辞格等，以便研究这些讲课的修辞学。]

——儒家与妇女呢? [那位女士回答，她面庞圆圆的，

---

① 这应该是孔子“民可使由之，不可使知之”的法语释义。——译者注

说话温和而低声。〕孔夫子：重男轻女。在人民大众中的残留：蔑视妇女，认为妇女是无能的。今天，妇女在各个方面都获得了解放，地位得到了很大的提高。在政治和学业上，妇女与男人完全平等。党对这位说话的女教师非常信任。

——对孔子的这种批判工作，是否也将对其他中国哲学学派进行呢？

——这是必然的，但是现在，主要集中在对于儒家的
70 批判，因为它长期以来主导着中国封建社会。其他学派呢？
法家呢？法家在当时是进步的，但也同样是反动的，因此
也需要批判。对于道家学说，也是一样，尽管不如儒家那
么强势。应该批判过去的所有学派。

——在过去的学派当中，那些唯物论的先驱者呢？

——马克思主义哲学，完全不同于过去的哲学。不管怎样，用批判的眼光来看待他们，是必要的。

王充（汉代）①。

---

① 王充（27—约97）在他的“批评文集”（《论衡》）中批判了孔子。这是一位在运动中被用来批判孔子的作者。第二位哲学家大概是韩非子（死于233年），这位理论家综合了法家的思想（安娜·陈《中国思想史》，*Histoire de lapensée chinoise*，Seuil出版社，1997）。这两位哲学家都曾在克里斯蒂娃的访谈录《中国女人》（*Des Chinoises*，1974，Paris，Pauvert，2001，P. 268et275）中被引用。

王韩子（Wang HanTseu）[①]。有某些辩证成分，曾与神意作斗争。

——道家当中有无积极的东西呢？——作为奴隶主阶级的代表思想：道（先于天与地）＝黑格尔的绝对精神，客观唯心主义。但是儒家与道家有斗争：这是奴隶主阶级之间的斗争。这不是唯心主义与唯物主义之间的斗争。

3）关于教育。

哲学？文学？

——哲学课：传统的辩证唯物主义。中国哲学史和欧洲哲学史。批判当代资产阶级学派*[②]。政治经济学。工人运动史。逻辑学。外语。

逻辑学？——不教逻辑史。讲授形式（公式）逻辑。

语言学：汉语课。古代汉语和现代汉语，写作规则：

---

① 根据原书注释64和书后“附件二”中提供的信息，此处可能是作者的笔误，似应为韩非子。——译者注

* 批判实用主义—经验主义（康德），马赫主义（Machisme）（实际上：是列宁的机械说）。

② 这里影射的是列宁以唯物主义对于新康德派“马赫主义者们”唯心主义立场的批判，他们都是哲学家和物理学家恩斯特·马赫（Ernst Mach）的弟子——特别是俄罗斯弟子，而马赫与里夏德·阿芬那留斯（Richard Avenarius）一起创立了经验主义。

是“好好地写”吗？

71 ——是的。“好好地写”的标准是什么呢？——从前，教母语，但脱离群众。“文化大革命”以来，进行改革：把所教母语与大学生的社会调查结合起来→总结，调查报告。我们让大学生参与文字的改革。当前，是简化汉字，学习拼音。

知识分子说话与大众说话不同。因此，毛主席建议知识分子接近大众的生动语言。

毛主席关于党内八股文的文章。知识分子常常使用书面语言来表达，由此产生了距离。应该从思维方式上来缩短这种距离。

普通理论语言学呢？

[在外面，天气灰蒙蒙的。]

[小个子语言学家胖乎乎的，或者说，他是圆乎乎的，说话很温和。]

语言学：(1) 学习群众的生动语言；(2) 学习古典语言，吸收其好的和有生命的成分；(3) 学习外语中好的成分，创造可用的词句。这几点需要研究。在知识分子与大众之间，词语与语法没有太大区别。但是，知识分子应该学习的，是借助语言来分享大众的感情。通常，知识分子的语言枯燥乏味、空洞，因此，要借助语言来学习感情。

4）最后是那位一直没有说话的人：他谈到了政治科学、中国革命史课程等。

这是所有专业都开设的课程。他讲授的是：共产党领导下的中国革命史。

每种课型：都是很专业的。是权威课程吗？不是，现 72
在进行批评讨论。——检测每个人的知识吗？是某种连续的检查（?）。如果大学生有错误，老师应该与其讨论，并给予学生以帮助。考试：并非全部排除考试，形式多样，这要看是什么课型。外语与数学，要考试。开卷考试。对于某些课程，要计分（闭卷考试）。

强调分析和解决具体问题的能力。

12 点 30 分结束。

我想到：有人向我们解释说看图书馆、实验室“没意思”，说“不是为此才来中国的”，其实就是不想让我们了解大学！

[中国服装的特征，而且根据中国人的身体：上衣短，

裤子也短。]

图 9

13 点 45 分。离开旅馆去火车站。

应该从主要事实开始（现象学）：服装上的绝对一致，对于动荡的社会的解读。一致性却不是一致主义。

73 火车站。我们是从一个特殊入口进站的，那里没有人。在玻璃窗外，有一大群人。我们一直被那五个人陪同着。最后一节车厢，几乎是空的。干净，舒适。每节车厢的车窗旁都有一盆花。中间是过道。白色的座套。除了车厢尽头有两三位军人，我们几乎是唯一的乘客。

14 点 12 分，在开往南京的火车上。

天色灰暗，有点冷，要下雨。

进入车厢：没完没了的混合着氯化物的潮湿气味。

小小的桌子。梳着辫子和戴着袖章的女孩端上了茶。外面，坦荡的平原，金黄色的油菜，可以说就像是在法国。房屋。小麦。

旅行的真实感受：中国并不是令人不舒服的（≠日本）。

车窗的玻璃上，有了雨点，随后是大雨。

车速很慢。始终有许多油菜田，房屋，劳动的身影。

所有这些记录，大概都将证明我的写作在这个国家是失败的（与日本相比）。实际上，我找不到任何东西可记、可列举、可划分。

苏州，中国的威尼斯。下雨。火车停下来好长时间，我们的车厢停在了一个公共厕所对面。外面，收音机，京剧《智取威虎山》[①] 选段。

在整个旅途之中，车厢内的收音机播放着节目：女性的尖嗓音，音乐（很美的旋律）和大概是政治方面的话语。

16点05分，在雨雾中过第一道山。

缓慢和无休止地穿过田野。

---

① 这是在“文化大革命”中被允许公开演出和传播的八部样板戏中的一部。

74 菜畦很近，甚至就紧挨着铁路。

景致单调。天色灰暗，雨丝不断，心情不悦。

18 点 30 分，夜色降临了。我在阅读《布瓦尔与佩居榭》[1]。索莱尔斯和向导赵先生在下中国象棋。我在看了演示之后立刻就放弃了。

20 点，到达南京。天气冷飕飕的。

旅行社的两个人微笑着走上前来，表示欢迎。乘小面包车到达旅馆，穿过长长的两边栽满法国梧桐树的大街。这一切都很具有法国风情。

旅馆很宜人、舒适。

理性，无任何异域感觉，无任何不舒适。从一开始我们就不是在亚洲。

很像是荷兰的农村：沟渠，方形田畴，一直有身影在劳作。

在房间里，总是有梳子、牙刷、肥皂、拖鞋、水，而这里还有糖（是为了第二天早晨喝茶用的）。

---

[1] 《布瓦尔与佩居榭》(*Bouvardet Pécuchet*)，是居斯塔夫·福楼拜的一部未完成的小说。——译者注

4月19日，星期五
南京

由于是硬板床，而且是真正的木板床，一夜没有合眼，尽管服用了安眠药。

天色灰蒙蒙的，相当冷。宽大的毛衣。

由于悲观，政治敏感似乎又回到了索莱尔斯身上。

旅馆：坐落在一个花园内，树木种类很多，木兰树、法国梧桐、冷杉。非常有法国气息。

小面包车。我们的向导身着西服上衣，司机一身蓝色 75
衣服。向大桥开去。年轻的向导介绍南京。数字。

[带有三车道的满是梧桐树的林荫大道。]

如果一件事情让他们感到为难的时候，他们就微笑以对。

我们被带到了大桥的桥头，那里有两个人接待我们。小而宽的平台上鲜花开放。风很冷。

桥下，有毛泽东的金色镂空书法。桥下，帆船于灰蒙蒙雾气中通过。

朝下看，一群人在望着我们。一个小姑娘由父亲引领着在护墙便道上走着。

图 10

大桥接待办公室，很宽大，很冷，苏联式的。

“晶体管操作的”电梯。显然，我们升到了很高的地方。但还没有到达上面的一层，即公路桥层①。在我们的脚下，很近，就是公路。一个年轻人，活泼可爱，正准备为过往的汽车拍照。天气很冷。参观公路桥下的铁路桥。

普莱内有晕高症，我感觉很冷，我们两个人先回到了车里，其他人则一直走到了桥中央。

---

① 在南京长江大桥上，见后面的注释。

为什么在一台电梯里要有两位开电梯的矮个子女孩呢？

在冰冷和空荡的电梯里，也张贴有书法。

书法非常好看。总是这种情况：只有这一样东西是漂亮的，其余都是苏联式的现实主义。

客厅。硕大的模型。长沙发在前面。但是，没有 76
茶！——不是的，这不，茶水来了。

一位年轻的官员说话了。他的微笑很好看。西服上衣很挺（很有综合理工学院[①]的派头）。表示欢迎。这位×同志介绍大桥建设的情况。

大桥是中国工人阶级建造的。自力更生[②]。1960→1968—1969。数字等。困难：1960年，苏联撕毁了合同，不再供应水泥，为的是破坏。于是，工人们用了两年进行试验→生产出了建造大桥的特殊钢材。（发言很短）

其他的困难呢？当然有，但回答含混，没有任何地方让人想到无产阶级“文化大革命”。

---

① 综合理工学院（Ecole Polytechnique），法国最著名的理工教学学府，规模不大，但集中了法国理工学科教学与研究的精英，而学生大多是当年高中会考的各地“状元”。——译者注

② “自力更生”，是“大跃进”时的口号之一，见于《毛主席语录》之中，尤其用于苏联断绝援助的年代。1960年7月，莫斯科召回了它的专家，中断了与中国签订的合作协议。

——有没有无产阶级“文化大革命”带来的意识形态方面的困难呢？——大桥是根据毛主席的教导建造的，即独立自主。当然，也有斗争。[不停地参照毛泽东的指示。]刘少奇—林彪：他们想从国外进口一切。

[在我看来，似乎有一点越来越明确：什么都与国家问题联系在一起（自力更生），在社会革命方面说得非常模糊，这一点使得在这次旅行的现时状况下，没有任何东西能把中国与斯大林时代的国家区分开来。]

各种基础，是在无产阶级“文化大革命”之前打下的。在此之上，无产阶级“文化大革命”又赋予了人民群众建造大桥的巨大力量。

——技术人员和工人的作用是什么？特种钢材的解决：路线斗争（所答非所问）。生产特种钢材靠的完全是自力更生。实践出真知，应该多实践。大桥的建设，是对苏联的反击。

绝妙的承认：“我们习惯于用一个连字符号这么说：刘少奇—林彪。”

77 与这位英俊的有点儿窘状的介绍者握手时，感觉到他的手柔软且长，还有点儿温热。

我们离开，慢慢地在桥上走着。

空间逐渐开阔，微小变强大。

儿童空间。这里，与苏联式建筑是不同的。

在桥的尽头，我们向桥下走去，这时，小面包车正在掉头。公社的田地，绿色，绿色。一头老水牛在拉一只耕耙。

回到南京：第一次见到了陈旧的人力车车站。

围着火车站前的湖泊转了一圈。游泳池。地上有死鱼。水池之间小路细长。一排紫藤。若再扩大一点，很像是布朗宁森林[①]的一角。

阳光呈灰白色。

木马转盘。散步者。

我们停了下来照相。一群人愕然地看着我们。

游船。

参观动物园。阳光不足（总是在这个有湖泊的旧地方）。就像世界上所有的动物园一样。我们身后大约有 50

---

① 布朗宁森林：巴黎市西部第 16 区外侧的一处森林，属于第 92 省。——译者注

个人跟着。

大熊猫。园中园：我们在看大熊猫，50 个人在看我们。

(没有告示牌。)

经常遇到非常好心的、充满敬意和微笑的目光。

造访一处公共厕所！

他们随地吐痰和擤鼻涕。

老虎，威武、漂亮，因为我不曾见过。

确实是斑纹铮铮，强劲有力。

猴子，狮子，棕熊，巨大的猛禽。

78 [这些动物都非常大，几乎是夸张性的大，就像通过强化训练而形成的样子，或者，它们都是在表现各自物种的强力本质。]

有明显的潮湿气味。

空气中飘浮着树的花絮。

鸟群（告示牌）。孔雀。两只白色孔雀开屏。一只在叫着“雷翁，雷翁”。（为什么不用汉语来叫呢?）[①] 这一切，

---

① 作者把孔雀叫声拟声地写成了“Léon”（雷翁），而该词在法语中正好是个男孩子的名字。——译者注

都围满了孩子。

参观（公园内）一处儿童绘画与书法展览（在 11 点时，展览已先于动物园关门，现在重开了）。

唉，现实主义的绘画！最令人可怕。

一幅图画：在一个热水壶（还有两只玻璃杯子）上画着南京大桥。最终，还是热水壶……

现实主义的政治性画面。乒乓球，工人在工厂里，年轻的红卫兵，儿童在撒种子（而在我们国家，儿童在相互爱慕），儿童在一面砖墙上写大字报，小学老师在教写字，一位女工晚上借着灯光在床上阅读（她在学习）。从艺术角度来讲，这是让人沮丧的。

理发（相互帮助）。

书法。变化多大呀。在三岁的年龄，书法已经是非常有个性了，像是草书。

线条断续，说明亢奋有力（这在毛泽东的书法中很常见）。

一幅非常漂亮、亢奋、凌乱和毛草状的书法（边白处注释：草书）。实际上，是对毛泽东书法的模仿。

旁边，一幅漂亮的书法，“方框”风格。

说真的，这是唯一的艺术形式，多么高超啊。

[三种感知层次：

1）现象学：我所见到的东西。西方的方式。

2）结构，即如何进行的：需要描述运行机制。停留在斯大林的层次。

79 3）政治：社会革命的斗争。是何种革命呢？路线斗争等。]

下午：参观南京师范学院。

欢迎《原样》代表团的横幅（红底黄字）。革命委员会副主任＋其他几位年纪较大的人。一位留着小胡子的老者，像是艺术家。客厅很大，装饰讲究，花瓶，大桌子，吊灯，鲜花，毛泽东的书法。香气弥漫。

艺术家是艺术学院的教授（40 年前在法国学习过），叫程臣富（音译）＋音乐教授＋教育学教授。

讲话开始，致欢迎词。

简史。1952 年，有 11 个学院 [茶品极佳，茶色金黄]。师范学院：培养中学老师。1 600 名学生。540 名教师。11 个学院，理科与文科。

[艺术家：他戴着一顶海军蓝鸭舌帽，其他人戴着无檐

帽和领带。]

无产阶级“文化大革命”之前，刘少奇的路线，破坏革命路线。修正主义路线：使教育脱离社会，关起门来搞教育。在无产阶级“文化大革命”之中，我们批判了这一路线。我们在所有的领域、所有的方法上都进行了改革。现在，我们开门办学：群众、生产、社会相联系、相结合。大学生参加阶级斗争和科学实践。从前：四年学习≠今天：两年半。实践是第一位的。对于古代和外国的东西：去其糟粕，取其精华。现在：负担减轻，概念清晰。——教学方法是什么呢？——教师与学生间的关系=平等。在教学过程中，进行批判教学。有经验的学生可以登台讲课。

现在：批林—批孔。这两个人，是一个人，林彪完全 80
是孔夫子的弟子。

[在南京：硕大的瓷花瓶上都有矮树丛图案。]

复礼、复辟资本主义、返回过去。[只说关键词，我没有记录。] 孔子的学说，对中国老百姓有很大影响。因此[只说关键词，没有变动]，开展了这一运动。

参观。在美丽的花园尽头，有一个小小的物理实验室。

[艺术家曾经去过蒙巴那斯[①]，去过大茅草屋[②]。]

地上只有一个小电动机* 在发动着，旁边站着一个年轻的中国人。

[这个国家会不会整个都只是完全天真的呢?]

在一个车间里（这个车间向国家出售用于车床的电动机），小伙子们在吸烟。

在所有这些小车间里，小伙子们都很迷人。

通常，他们的面孔先是板着的，如果向他们打个招呼，就完全微笑着舒展开来。

[天气一直灰蒙蒙的。]

[音乐教授也曾去过法国：在南锡和巴黎，在那里，他同时学了小提琴和作曲。]

图书馆。

[大小合适的台布铺展在各处，偶遇事件、皱痕[③]、不可思议之事少见（≠日本）。]

---

① 蒙巴那斯（Montparnasse），巴黎 14 区的一个居民区，是两战期间画家集中居住的地方。——译者注

② 大茅草屋学院，创建于 1902 年，坐落于蒙巴那斯大茅草屋街 14 号（14ruedela Grande Chaumière），在 20 世纪初，是巴黎著名的艺术学校。

* 小的发电机。

③ 在罗兰·巴尔特的术语中，“皱痕”（pli），或译为“褶皱”，指的是给人留下些许记忆的东西。参阅第二本日记注释。——译者注

图书馆：散发着樟脑味。

[两位艺术家很有魅力，态度和蔼，有点儿注重外表。]

图书馆：令人喜悦，干净，布置仔细。这所大学：是一处反—万塞中心[①]。

翻译左拉与莫泊桑的作品。

学校的铃声响了。 81

这像是一处大学校区。

工艺美术学院：第一年，30 个学生；第二年：120 个学生。艺术家的介绍。

在一个小客厅里休息，为的是观赏几位教授的画作：毛泽东为南京大桥揭幕，一队人高举红旗登上大桥的扶栏。现实主义色彩风格。无产阶级“文化大革命”以来，走出画室（从前，根据过去的绘画，总是呆在画室里），去工厂，进公社和军营，去介绍绘画活动。我们也向公社提供宣传画。从前，工人、农民为我们服务（只是作为模特），今天我们为他们画画。

---

① 罗兰·巴尔特在此影射的是 1969 年创办的万塞实验中心（Centre expérimental de Vincennes），后改为巴黎第八大学。

两种风格：1）带有社会主义内容的被现代化的传统中国风格*；2）苏联式的现实主义（外国的）。

（大学生们画的）“批林批孔”的漫画［相当可怕，因为这些漫画本身也是相当现实主义的——这对于漫画来讲是矛盾的。林彪，以他的秃头和不太像是中国人的表情而成为所有主题的调味品：两面派，天才论，中庸之道，王朝（他的儿子）］。

［所用语言带有很强的主题性：但主题却很少。］尽管是多人画的，风格却是一样的。

画室：由一位书法教师来创作一幅很长的书法。亢奋，曲折，落点有力，结果是华丽。他加上一枚红色的印章。在他很小的工作台上：毛笔，砚台，水盘，红印。

另一位：正在绘画具有古代风格的一幅大画作。有点像是水彩画。他很干净，身着蓝色短工装，手干净。

82 第一年：连环画。第二年：招贴画。

生物学（在第三层），也就是说，是个很小的动物和生物博物馆。

---

* 例如：带有丛林的景致、中国的山谷＋空架索道（水彩画体裁）。

音乐教授穿着一条条绒裤，上衣是古装式的，尽管是华达呢材料（有点像是官员服装）。实际上，据说是冬季上衣。可以看出毛泽东的领口就起源于这种服装。

音乐：大厅（参阅体操馆），一台平台式钢琴。学生。鼓掌欢迎。致欢迎词。

协奏曲：以一曲女生四重奏表示欢迎，钢琴奏响了欢快的曲调。音正，轻松，嗓音美丽。姑娘们都很漂亮。

一个小伙子坐在一把椅子上，演奏琵琶[①]（传统小提琴）。有点像竖着的俄罗斯巴拉莱卡竖琴（balalaïka），上面有几根紧绷着的琴弦。从技巧上讲，非常完美。小伙子面庞呈黄色，总是若有所思，大约 16 岁。帅气。

女生合唱《女飞行员之歌》：非常富有战斗气势。同时伴有一些套式动作。是一首委婉的对位法作品：极轻的演奏曲（pianissimi）和渐强曲（crescendi）混合而成。接着，是分步合唱。这一切都是很出色的：可以通过隆布罗索出

---

① 这种乐器，带有紧绷的琴弦，有点像中国式的诗琴（luth）或曼陀铃琴（mandoline），取名为“琵琶”。

口[①]！优美动听，只是服装颜色暗淡。上衣是短的，裤子是短的，梳着辫子，穿着中国式样的鞋（见图 11）。

笛子独奏。一个小伙子。参考排箫。农民歌曲。

男生合唱。手风琴。歌曲《夜航》。很像是俄罗斯歌曲。（集体渐强曲）不太好。男高音/男低音：《游击队之歌》。

男生。二胡独奏（＋钢琴）（伴奏者的间奏平庸）：技巧非常好。表现力很强，亢奋，动情。

83 女生独唱：《红太阳》。

古乐器大合奏：《军队与人民》。

木琴下女孩的脚：

图 11

图 12

＝两脚摆放规矩：这一点纠正了其预告中看到的情况。

回到客厅。茶。提问题。——中国文学的教学。

---

① 指的是制片人费尔芒·隆布罗索（Fermand Lombroso），他从 60 年代就将中国北京杂技团的节目介绍到法国，罗兰·巴尔特曾在巴黎看过。

古典文学：去其糟粕，保留精华（《红楼梦》[①]）。

现代文学：分析人物（反映当前的“工农兵”精神）。

[气味在变浓，像是便盆的气味。]

“形式服务于内容。”

——绘画。我们了解到：1）连环画；2）招贴画。没有艺术史课（但是，教授们在研究、批判西方的绘画）。

那位老年艺术家说，我们在学习马克思主义，是很认真的，这是为了提高我们的水平［真是无事可做：这位老蒙巴那斯画家，有点可怜］。

——“批林批孔”运动：是的，在学校内部，在一切工作之中。孔夫子在日常生活中的影响：“领导者们都富有智慧，下级群众都愚蠢；学习优秀者可以当领导者。”[②] 但是，在这场运动中，当前，重点尤其在政治方面，等等。关于林彪的砖块语言：甜言蜜语、红旗、两面派等。

南京，师范学院。4 月 19 日，星期五，18 点。

---

① 曹雪芹（约 1715—1763）的《红楼梦》，是中国文学的一部古典著作，在“批孔”运动中被解释成为一部反孔的政治小说。参阅任读（音译）的文章（1974 年 4 月），见于 1974 年冬季出版的第 60 期《原样》杂志。

② 此处该是孔子“唯上知与下愚不移”和“学而优则仕”的法语释义。——译者注

24 — (Rappel de la visite de l'imprimerie et des speeches qui y furent tenus). La Doxa est très forte, faite d'un cimentage de blocs de stéréotypes; mais comme il s'agit d'une combinatoire, on peut tout de même lire, voire déchiffrer la parole (vivante, signifiante) à travers les oublis ou les marques de certains stéréotypes.

De plus: la pensée vive, individuelle (la "conscience politique", l'aptitude analytique) doit se lire dans les interstices du tissu stéréotypique (alors que chez nous, pour faire nouveau, échapper à la mortification endoxale, ce sont les stéréotypes eux-mêmes qu'il faut tuer).

— Avion Pékin Shanghai (13h15 –). Boeing tout neuf — Nombreuses casquettes dans le toc américain. Les Hôtesses: le treillis caqui, les nattes, les couettes, pas de sourire: le contraire des minauderies occidentales — Pas un sourire, en n'importe quelle occasion.

— Nos hôtesses poupounes, austères et tressées nous servent une assiette un couteau, une poire (genre navet sucré) et une serviette chaude.

《中国行日记》手迹

— Typologie des coiffures féminines

coupe droite

~~natte~~ couette coupée avec élastiques

nattes avec élastiques

14h55. Shanghai : 14° : gris et pas chaud, qques gouttes de pluie.
Plus chaud. Palmiers.
Mimosas. Parfums

— Accueil de 3 bleus marine dont un rédacteur de la Maison d'édition de Shanghai
Plus intellectuels ?
Moins bureaucratiques :
lunettes (des variations, une typologie ?)

— Bcp de monde, plus attirant.

— Nlle usine enseigne en pinyin (on enseigne les deux, paraît-il).

第二本日记

4月19日，星期五
南京师范学院

18点。林彪：是克己吗？是为了隐蔽，是为了等待适 91
当时机。投机者，两面派。

林彪与阅读毛主席著作：他选了一些话，一些句子，为的是让人背诵下来，而不是去深刻研究整体的思想和其马克思主义的引申意义。躲在一种实用的现实主义意图之背后。

打着红旗反红旗，他想破坏学习毛主席著作。

[艺术家：69岁：我们离开时，他很激动。] 他的手指发黄，指甲很长。

下雨了。

晚饭。

[索莱尔斯错过了从赵向导那里获得一份“资料”的机会，该资料便是一位翻译必备的包括所有“砖块”的一份纯粹的、不加掩饰的单子：是绝好的符号学资料[①]。]

92 他们似乎没有身份证。大概只有工作名片。

[没有任何偶遇事件、皱痕，没有任何俳句[②]。细微差别何在？乏味吗？就没有细微差别吗？]

---

① “在火车里，索莱尔斯与我们的向导赵先生之间发生过争执，因为赵先生要求索莱尔斯核对一下对于当前批判孔夫子和林彪的运动那些口号的译文。索莱尔斯这样做了，并对赵说他很想抄写一下这个译文单子。赵不同意。”（见马塞兰·普莱内：《中国游记》，同上，50 页）译者补注：根据译者个人的经验，这该是当年翻译们必备的“对外宣传口径”的译文资料。

② 罗兰·巴尔特自《符号帝国》（*L'Empiredes Signes*）（1970）一书开始，就将这三个概念紧密地联系在一起。俳句的插入，便是“突然落下的东西、构成皱痕的东西，不过，这却不是别的东西”（《小说的准备》，*La Préparation du Roman*，Editionpar Nathalie Léger，Seuil-IMEC，2003，P. 94），或者与插入不同，它“仅仅就像一片树叶缓慢落在生活的地毯上；它便是带给每一天的织物上的轻盈、飘逸的这种皱痕；是勉强可以记录的东西”（皮埃尔·洛蒂：《阿齐雅黛》，Pierre Loti，*Aziyadé*，1971；《新批评文集》，*Nouveaux Essais Critiques*，《全集》第四卷，109 页）。罗兰·巴尔特后来在 5 月 24 日《世界报》上的文章中提到了中国的乏味。

[一周以来，我没有写作的激情，没有写作的快乐。枯燥，乏味。]

20点。在旅馆客厅里看儿童演出。

一群外国儿童，其中有日本儿童和几个中国儿童。在客厅深处，有帷幕，在大花瓶中有三株绿色的植物。

放映机。旁边，小手风琴手，木琴。

1. 小姑娘们都化着妆，戴着红领巾，做作地微笑着。红旗。小男孩们也化着妆。致欢迎词。

2. 还是那些孩子合唱。动作俗套，手指分开。

报幕员个子大些，穿着绿色短裙。

3. 一个扎着红领带的（化了妆的）男孩子笛子独奏。

4. 一个更小的男孩子笛子独奏。

5. 几个穿紧身衣和长靴的女孩子跳了一段似乎是俄罗斯的红色芭蕾舞。她们提着小桶，像是放牧女。一位穿着蓝色紧身衣的情人走了过来。他是牧童？对话。唱歌。

6. 一个非常小的女孩唱歌，她小得简直像是化了妆的婴儿。

7. 小女孩们的集体舞。她们模仿的都是女园艺师。所有颜色都是西方人害怕的颜色：红，刺眼的绿。

舞蹈大体上是模仿的，有点像是《葛蓓丽娅》[1] 或《吉赛尔》[2]。

8. 小男孩，穿着海军的蓝领衫，模仿船员。

9. 场面：布景要素。小女孩。学校。他们在学习拼
93 音。学习无产阶级“文化大革命”。他们的脸蛋儿红红的，就像宣传画上那样：健康、活泼、勇敢等。

10. 女生集体舞，她们身后都有一只背篓。她们跳舞时，大拇指都是朝外翘着。是洗衣妇与士兵相互帮助的场面，表现团结精神。

11. 很大的乐队。民族乐器＋两把小提琴和一把大提琴、一只手风琴。

12. 男女声混合唱＋两个小学生（?）：一个拿着一只球，另一个拿着一个练习本。

13. 欢快的女生集体舞，她们围着一根带有绒球的绳子跳着。（参考双绳跳绳游戏。故宫的花园[3]。）

---

① 《葛蓓丽娅》（*Coppélia*）是根据德国作家霍夫曼（Ernst Theodor Amadeux Hoffmann，1776—1822）的短篇小说《沙漠之人》（*L'Homme aux Sables*）创作的芭蕾舞，法国作曲家莱昂·德立勃（Léon Delbes）作曲。——译者注

② 《吉赛尔》全名为《吉赛尔或维利斯人》（*Giselle ou Les Wilis*）是1841年创作的一部哑剧芭蕾，法国作曲家阿道夫·亚当（Adolphe Adam，1803—1856）作曲。——译者注

③ 见第一本日记。

14. 乐队和一只很大的管状木琴独奏：一个非常小的女孩子。她击琴果断有力，像是有点表现出神经质的爱丽丝[①]，具有罗马尼亚风格。

15. 大集体舞。簇簇红色鲜花。布景活跃。主题：世界各国人民。一个脚踏棕色运动鞋和身着短裤的男孩子，扮演的大概是黑色人种。还有一位越南北方东京地区的女孩。一群小老鼠出来了，还有一群粉红色跳蚤，它们没有起多大作用，随即散去。最后，是一个花篮。他们是带有苏联现实主义雕塑特征的沿着上升曲线出现的一个群体。

21 点 30 分。整场演出谢幕。

旅馆的这一群人穿过花园，冒着雨回到旅馆。他们都对在晚上不得不去观看到 21 点 30 分才结束的这场演出感到不悦。

---

① 英国作家刘易斯·卡罗尔（Lewis Caroll，1832—1898）1865 年创作的儿童小说《爱丽丝梦游仙境》（*Alice au pays merveilleux*）中的主人公，讲的是小女孩爱丽丝被一只半人半兽的兔子带到了一个奇幻世界，在这个世界里，空间、时间和语言都发生了巨大变化，以至于她不知道只需睁开眼睛就可以回到现实生活之中，这种变化已经使她的人格失去了一致性。——译者注

1974年4月20日，星期六
南京

6点30分起床。外面，天色灰蒙蒙的，暗淡，先是滴着雨点，随后下起了雨。不过，外边传来尖利的唱片声。我所住的旅馆的窗户：防蚊子的纱窗。冷杉，草坪，玉兰树。墙上有红色字体。

7点，穿过花园去吃饭。雨很大。

94 明信片：数量很大，天气很坏，贴邮票的地方脏乱不堪。

一周以来，一直没有法国的消息。国家被取消了，被吹走了，被虚化了。我问赵向导：没有法国的消息吗？——当然有，若贝尔（Jobert）先生揭露了两个大国的勾结，等等[1]。中国中心主义。

乘小轿车去中山陵[2]。穿过数条林荫大道（我们还没有看见过一般的街道），无数张开的黄色和褐色的雨伞。

南京：花园很多，树很多，用竹子做的小长椅比比皆是。

陵墓在城市边缘。长长的甬道都铺着石板，一直延伸到蓝色色调的大殿，四周是冷杉。在深处，是深绿色的山丘，上方有浮云。

我们慢慢地向上爬：黄色、蓝色、绿色。几个中国人打着雨伞，他们微笑着。

冷杉。在其他人登上高处的过程中，我站在了第一个石碑的平台上。天在慢慢地下雨，温和，四处寂静，有点憋气。飞鸟。藏青色大石阶，点点黄斑。

黄色雨伞的时尚。真怪！如果（在法国）每个人都有一把这样的雨伞，下雨时就不会那么凄凉了。

黄色雨伞，蓝色伞顶，竹子伞把。

---

① 米歇尔·若贝尔（Michel Jobert）时任法国外交部部长（1973—1974），他揭露“美—苏在世界上主导一切”，并反对美国对欧洲事务的干预。

② 1912 年在南京宣告成立的中华民国的奠基者的陵墓。

橡胶短雨靴。

95 我一个人往下走。小杂货铺。我买了一包老百姓吸的香烟和一块有果酱馅的点心。

走进一家饭店的二楼休息，要了一杯带点儿酸味的红茶。

——不，这不是茶！是草莓汁（?），我们的向导说。

离开陵墓。在一处公园里走着，绿树成荫，嫩叶葳蕤。参观一处寺院。下雨了。

又走了一段路，又一次休息。一个尼姑庵里没有立柱的空荡大厅。进入树丛，绿叶闪亮。低矮的拱门。孤独。两个大学生席地而坐，临摹远处带有一座高塔的树林风景。下雨了（他们用什么绘画呢？是用油彩吗？是的。他们来自上海，他们在为自己而劳作）。

[想到了安东尼奥尼说的话："可悲的做法，不光彩的意愿。"①]

---

① 对于安东尼奥尼的批评，请见第一本日记，原书第 44 页和其第 36 个注释（即本书 47 页注释①）。

明孝陵[1]。我们在陵前走过。又走了一段路，总是绿树成荫，雨丝不断，小路两旁是大型动物的雕像。向导坚持不让我们停下来，他说："没意思。"在与大型动物雕塑（马、狮子、大象，两两相对而立）成直角的地方，我们靠近小路停了下来。我独自一人留在了车上，其他人则下车拍照。欲望升腾。向往城市、商店、咖啡。

[我不能也难以接受去看从一开始就值得一看的东西，我不能也难以接受去看我不可在无意中碰到的东西。关于惊异的理论（参阅偶遇事件、俳句）。]

沐浴在雾霭、水汽、雨滴、树叶、绿色和鸟的细语之 96
中。是绿色和轻盈的云团。

在一处很大的百姓商场里：包、鸭舌帽。上衣呢？不好，向导并不配合。每到一个柜台，都有 150 人尾随着我们。

---

① 明朝（13—14 世纪）开国皇帝朱元璋（1328—1398）的陵墓，其后继皇帝则迁都北京，并葬于北京，被称作"十三陵"。

中药店，无数小抽屉，气味，小巧的秤。

午饭：为了克服偏头疼，我吞了 10 粒中药丸，这些药丸有樟脑味。

下午，参观一所小学。

很像是一所规模较大的公社所属的学校。

到达。接连的掌声伴随着我们从一个教室走到另一个教室。

第二层。客厅，茶，香烟，桌子，东西少得可怜。黑板上，用红笔写着“欢迎”，用粉笔画了几枝花。

学生中的一位女孩代表大家讲话（长相有点儿凶，让人不悦）。

简史。［楼道里，乱得像一窝蜂。］19 个班，900 个学生，36 位教师＋有 100 个孩子的幼儿园。五年制。政治课，语文课，中国文学课，算术课，音乐课，图画课＋外语课和一般知识课。

“文革”以前，刘少奇修正主义路线：智力第一，脱离实践。我们在培养革命事业的接班人。但是，却返回到修

正主义路线上去。因此，要开展“批林批孔”。第一位的是 97
思想意识教育。我们讲授国际主义、阶级斗争、爱党、努力学习、遵守纪律。我们讲授英雄和模范的业绩。工人、士兵来为学生们上课，为的是提高政治觉悟。离开学校后（学校是开放的），把理论与实践结合起来，把教育与社会结合起来。例如算术课，我们就请生产队的会计来讲课；学习开发票，我们就去商店。毛主席的“五七”指示[1]：大学生们在完成他们学业的同时，也必须获得其他方面的知识，也要种菜和到车间劳动。在健康方面，有业余活动，体育：乒乓球，足球。医疗检查。早晨和晚上，做眼保健操［我身旁，一位年轻人，是老师吗？他是唯一的男孩子：温柔而英俊］。还有不足之处，需要改正。

年龄：7～12 岁。7 岁之前，在幼儿园。大多数在第一年就开始学习阅读和写字（但在幼儿园里只学习不多的汉字和数字）。

夏天有 40 天暑假＋冬天有 20 天寒假。

---

[1] 1966 年 5 月 7 日的指示，鼓励在农村创办学校，后来叫做“五七干校”，在这种学校里，城市里的干部、大学生和知识分子应该完成一些体力劳动，并接受意识形态方面的再教育。这些学校都安排在旧的党校、国营农场或旧的劳教所里面。在这种学校里，纪律非常严明。

参观。一个四年级的班：对照着汉字字帖在学习写字，非常用心，毛笔握得很直。实际上，在这个阶段，他们是在细心和缓慢地描帖。

四年级上算术课。是一位年轻的男教师。两个小孩子在黑板那里＝两个分数相加。

98 三年级语文课。女教师站在黑板前，用教鞭指着黑板上的汉字（单词）。孩子们都举手——而不是竖起手指，手是放松的。他们站起来回答问题。教室的最后面，是道德说教招贴画和“批林批孔”的诗歌。

所有教室的窗户都面向楼道。在对面的教室里有集体的装饰画。各年级混合在一起，非常吵闹！

英语课。男教师很年轻。这将是那位长相厉害的女孩所不及的。“This is not desk.”（“这不是一张书桌”。）孩子们要在黑板上写出来。

图画课。模特儿就画在黑板上：一个红卫兵高举着拳头，并且握得很紧[①]。太可怕了！但是，他们比我画得好！

---

① 红卫兵大部分是由大学生和中学生组成，他们成了“文革”的象征，而“文革”所靠的就是红卫兵们的造反。他们于 1966 年造反，猛烈攻击“反”毛泽东思想的干部，1967 年秋天被非军事化，一年之后便无人过问，遂大批被派到农村接受再教育。

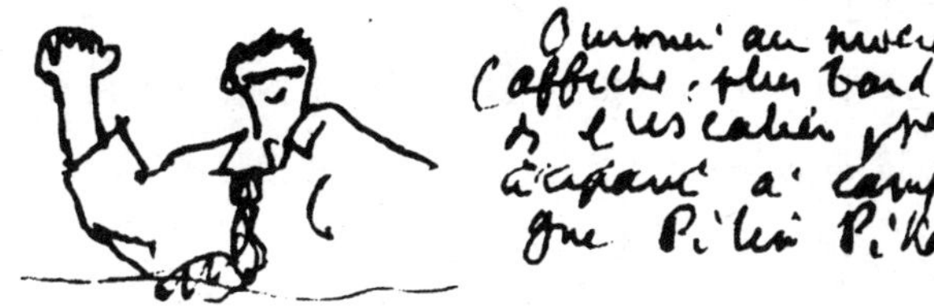

图 14

他们一声不吭。教师们朴素、不卑不亢，有着无声的权威。

外面，有一个很小的供学生劳动的车间。学生们正在装配圆珠笔。三张桌子，每张桌子围着 15 个左右的孩子。他们都是 10 岁。每个月有一天劳动。非常安静（也许是因为我们路过这里）。

[外面下雨了，泥泞，刮风，很冷。]

重新走过那些教室的时候，就像按了电门开关一样，他们一齐鼓掌。

一个班在玩：类似于一种传环游戏。笑脸相随[①]。小鼓声戛然停止。令人赞叹。无丝毫歇斯底里的表现。他们之

① 推测是在读什么。译者补注：这一小段很可能是在描述游戏场面，不然，很难理解前后文字之间的联系。

间很有魅力。

操场上，有五六张乒乓球桌子。他们在这方面很强
99 （他们都是很小的男孩子）。一个小男孩请索莱尔斯一块玩，
其他人乖乖地等在一旁。

他们拿拍的方式与我们不一样。

其他教室，在玩别的游戏。

［整个参观都是很诱人的。］

图 15

幼儿园。不可避免地有小孩子集体舞（与昨天的一样，不世俗，不撒娇，不存在女孩演员对于稚气十足的男孩演员的主导）。

还是在马路上捡钱的故事。

另一个幼儿园：孩子们围着桌子在捏面人。

两个五岁的小家伙在很有技巧地打乒乓球。

另一个厅。围在长长的桌子边喝茶。

在一个角落有一个乐队。

有化妆的集体舞。致欢迎词。

小红卫兵，跳着舞动着红旗的舞蹈。模仿和哑剧，大概是在进行赛跑比赛。在另一个角落，是女孩子们的合唱。

小孩子跌倒了，其他孩子前来扶起，相互帮助，团结友爱。

[这所小学四面来风，很冷。]

小女民兵集体舞：“瞄准对象”是画在一块牌子上的林彪的漫画像（遗憾的是，林彪总是在一种反犹太人的漫画风格之中被处理）。

[小姑娘们欢呼着、微笑着，美丽动人：母系制表现（随后，她们消失了）。]

总是战斗“路线”。

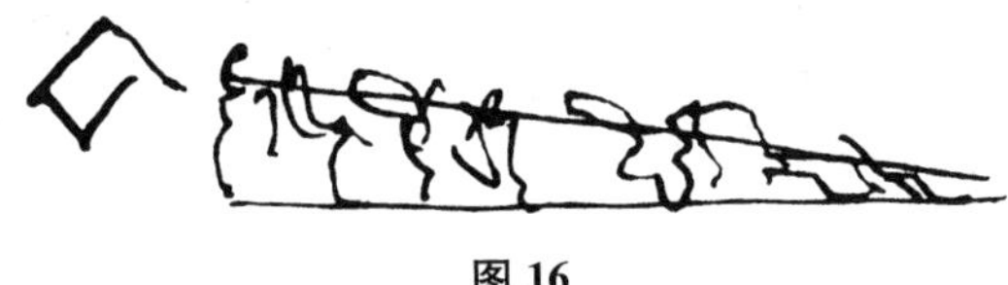

图 16

带有表演的唱歌：《我们学习打乒乓球》（集体舞）。 *100*

[遗憾的是，她们的微笑是航空小姐们的微笑。]

一个孩子跌倒了！相互帮助，团结友爱。

头发上扎着红头结。“友谊第一，比赛第二”。

小集体舞：学汉语拼音。

[表演很长，内容是人所共知的，很冷。]

合唱团都坐在长凳子上：《红领巾之歌》。一个很小的女孩坐在椅子上指挥合唱。母系制!

男孩子们（在第二排）显得有些逊色。

演出队的其他人都来了。他们穿着世界上的各种服饰："全世界的儿童，让我们团结起来。"

＝最后的节目。孩子们都散去了。

老师们都来到桌子前面。茶，问题与回答。所有的问题都在争论时被卡住了。

——"批林批孔"在小学里是怎样搞的呢?

——我们组织学生学习《人民日报》的社论，并把握好方向[①]。我们批判林彪和孔夫子：克己复礼＝复辟奴隶制＝复辟资本主义。他们俩人是一样的：重新回到过去。[是几位像是领导人的妇女在回答。] 我们组织会议，我们让学生们写文章，我们请老农来回忆旧社会。工—农—兵被邀请到这里来共同批判。

孩子们：从四年级和五年级就参加批判。我们采用图画与歌曲形式来"批林批孔"。那位代表所有学生的小女孩

---

① 《人民日报》是中华人民共和国的官方报纸。

说话了（她戴着红领巾）：在我们学校里，有一股“逆流”①。例如：在一个班里，两个孩子发生了口角。一位老 101
师负责解决问题，但他说其中一个是好学生，而他喜欢好学生。可是，班上的红卫兵反对这样做，他们帮助这位老师纠正错误。于是，孩子们都成了好朋友。——这是一次什么样的口角呢？——是在教室外面，踢足球的时候。正好，那位老师也在现场！他是一位英俊的小伙子，穿着蓝色衣服，他在为我们倒茶。他对纠正了他的错误感到满意和高兴。

[嚯，风在楼梯口和楼道里吹着！倒霉的天气！] [我都冻僵了。]

[一位上了点儿年纪的女老师这时说话，一些男老师或女老师脸庞和眼睛都令人难以置信地放射着光彩，其他人则面露精明和浮想联翩*。] [通常露出漂亮的牙齿。]

[发言在继续。学校，家庭，社会等。但是，我不怎么

---

① “逆流”是1973年夏天一种新的标语口号，该口号恰逢刚刚开始的“批林批孔”运动。西蒙·莱斯（Simon Leys）报道过类似的事实：一位大学生起而反对蔑视“文革”成果的一种考试系统。见其《论中国》（*Essaisurla Chine*）一书中《破碎的意象》（*«Image Brisée»*）一文，巴黎，LafontliruM出版社，“Bouquins”丛书，1998，517页。

* 都带有酒窝。

听了。]

三种标准，都属于智力方面的：考试，政治，体育。

[通常，所有被提问的人都会尽力回答。他们不遗漏任何问题，但显然，他们都有些害怕。对于他们来说，这是一种考验。]

最后，一个小女孩在一些穴位上演示眼保健操。是为了镇静吗？不是，是为了不成为近视眼。与此同时，大家也放松一下（在课堂上，每天五分钟）。

由那位小女孩赠送礼物：一支笔（就是车间里那些学生组装的笔）、一幅书法（内容相同：“好好学习，天天向上。”），一幅图画。

离开。

（我遗憾地离开那两位非常帅气的小伙子，他们的手柔软而温润。）

102 在餐馆。（多次要求，终于答应！）

在楼下，与民众在一起，但到了楼上，人们则让我们赶紧在蓝色座位上坐好。

晚饭：头菜，是细心地摆成鱼形的红蓝相间的冷盘。

各种白酒、啤酒。

热炒虾仁，中间有绿色蔬菜。

四川菜：肉，辣椒，葱头。味道鲜美，太辣！

爆炒鸡丁，竹笋。

鸭肝馅煎饼。[这一切都非常好吃。]

很大的浇汁鱼，上面有面糊和葱头丝。

这一切，都是由美食爱好者和很会享受的旅行社负责人王先生安排的，他明显很喜欢吃。

由什么东西串成的串。

表面绘有图案的汤。不，那是由鸡蛋和类似于贡菜的蔬菜组成的混合物。

最后，吃的是米饭，“因为这要与喝白酒分开”。

面包是软的、白色的。汤。毛巾。

（最后）心情很愉快。

我们马上去看电影《青松岭》（*La Montagne aux Pins Verts*）。故事发生的时间：1962。暂时困难时期。刘少奇在农村鼓励“分田到户，自由市场（koulaks[①]），这一政策受到了人数很少的富农和右倾分子的欢迎，他们极力想复辟资本主义”。（我们的乔向导根据电影的政治叙事这样介

---

① 该词指的是俄国19世纪末20世纪初出现的富农。——译者注

绍。好与坏：明显可见。）鞭子的故事，政权的象征（乔在读一种译文）。

103 1974 年的影片。有导演吗？是根据一部小说拍摄的。

电影院。潮湿气味。在楼上第一排，很宽大。平民百姓。下雾。

时事片：镜头很长，毛泽东与布迈丁[1]。

印象深刻。

特殊的电影。

---

① 阿尔及利亚总统胡阿里·布迈丁（Houari Boume dienne，1932—1978），于 1974 年 2 月访华。

4月21日，星期日
南京

天色灰蒙蒙的，不热。

我们出发去一个公社（乘小汽车1小时20分钟*，山区）。有一点太阳，灰白色的。

不，并不是山区，是平坦的农村，美丽、精耕细作、绿油油。水牛，淡紫色的花卉是为了使土地肥沃（肥料），油菜子。人很多。

到了公社的院子里。欢迎。客厅，桌子，热水壶，茶，香烟，毛巾。介绍。

---

* 距离南京40公里。

一位戴着鸭舌帽的男子发言。欢迎我们到铜井（音译）公社来。

[茶比其他地方的要好些。]

概况：该公社地处长江下游。丘陵特别多。15 个生产大队+1 个镇。199 个生产小队（其中 14 个从事林业，2 个种菜，其余的都种粮食：水稻，小麦）。3 万人口。

104 解放前，土地荒芜，自然条件非常恶劣：水灾和旱灾，收成有限，生活非常苦。

[公路上，总是很多人，没有小汽车，但有许多卡车。人们的肩上都扛着许多东西在走，长竹捆得像天平那样稳当。]

解放后，广大群众都走上了组织起来的集体道路。1950 年：土改，互助组，合作社。1958 年，人民公社。生产力获得了解放，人民生活水平得到了提高。

[外面，只见一轮灰白色的太阳。]

“文化大革命”：贫农，干劲十足，组织了起来，开展群众运动，以大寨生产大队为榜样。如何学习呢？a）大寨精神，就是战天斗地的精神；b）自力更生，艰苦奋斗；

c）治水、治林、治田。[1]［这一切都还是模糊的、平庸的。］我们改变了大自然的面貌：深挖了 8 条河，修了 200 华里（1 华里＝0.5 公里）的渠，70 个灌溉泵站；在山丘里，修了 11 个（储存雨水的）蓄水池。水利工程干了许多年：600 万立方米的土。我们改变了大自然的面貌，生产效率变得稳定了。我们开垦了稻田和可耕种的田地，连续 12 年丰收。1973 年，粮食产量：4 680 万斤，比解放前提高了五倍半，而比“文化大革命”之前提高了 55％。

［在院子里，低矮的砖房，一棵非常漂亮的淡绿色的树，有点像是自由树[2]。］

对国家贡献更大：1973 年，向国家交送粮食 2 069 万
斤，存留 1 160 万斤。除此之外，还有农机修理厂、农作 105
物加工厂、采石和制砖厂、电泵站、多个养鱼池。

所有这些都是应用了这样的原则：自力更生。

---

① 大寨生产大队（陕西）先于 60 年代，后又于 1970 年左右在反对农民个体主义的斗争中做出了榜样。陈永贵，这个生产大队的党支部书记，是当时的著名人物。这个生产大队作为反对分田到户、根据劳动态度和自足程度（“自力更生”）重新分配工分的典范，在不求助于国家的情况下，开展了大规模的治水和整治土地的工程。后来揭露出的情况，更突出了大寨经验的神秘特征，似乎它曾获得过国家的资源和军队的帮助。

② 自由树（Arbredela Liberté），法国 1789、1830 和 1848 年革命时期种在广场上象征自由的树。——译者注

今天：122 台各种拖拉机，522 台脱谷机，374 台发电机，112 台电动机，3 辆卡车。

[这一切就好像是儿童游戏，带有浓厚的傅立叶主义色彩。]

都机械化了，或半机械化了。

教育与医疗：在“文化大革命”之中得到了发展。

教育：自“文化大革命”以来，28 所小学，4 所中学＝5 600学生，194 名教师。除了个别情况，所有的儿童都入学了。

医疗：集体医疗制度。医院⟷卫生所（赤脚医生）。

[还没有任何工资制度的运行机制，只有社会的、所有制的机制。]

今天：农民的生活一天比一天好。这个地区相当落后，不过，90%的家庭都通了电（每一天都有收音机和高音喇叭）。所有这些结果都多亏了毛主席的革命路线，多亏了大寨的榜样。当然还有不足之处：在生产节奏、机械化程度方面，在住房条件方面。但是，根据毛主席的指示（自力更生），我们会赢得胜利。最后一点。宣布参观计划。

11 点，出来转了一圈。天气晴朗。

机器修理车间。十几个工人。

工人们戴着手套和无檐帽。男孩子头发乱蓬蓬的。院子里有一张长椅。

粮食加工车间，面条搭在短竹竿上。 106

面粉加工：很大的机器特意地振动。

稻子加工：去壳，从黄色变成了白色。

粮仓（稻米）：

图 17

公社的医院（类似于某些很简陋的医务所）。

在小托盘中简单地展示着中国的草药：根、果实、干的蘑菇、块茎等。

一位矮个子的笑容可掬的军人拉着一个小男孩，小男孩的外套很宽大。

农具店。

理发员。书店。我买了一幅招贴画《军民一家亲》（战士走进农民家）。

在商店里转了一圈（小采购）。

天气晴朗。

在第一间客厅休息：热毛巾（很大，农村用的）。

在乡下吃午饭。饭厅很小，空荡荡的。有两张光亮的木质圆桌。差不多是八只碗。啤酒，面条，米饭（最后），鸡肉（整只炖的），红烧鱼，蛋鱼丸子（有点像是肉丸子）等。味道很好，但却是农村的（鸡很硬）。

在客厅里小息。茶。

107 参观一个家庭。干净。从箱子里拿出玻璃杯。茶。

墙上是招贴画和图画＋毛主席像。

房子位于稻田中间。老年人穿着旧式上衣。一只狗。一台缝纫机。

父亲讲述家庭历史。关键词：过去。

房子是他的，但是，是公社的施工队给盖的（盖完的时候，要交 12 元的类似于税收的劳务费）。现在，按照某种规划，房子都沿着公路修建。他的房子让他花了 900 元。可以向生产大队或生产队借钱，但不能向公社借。他还想拥有：座钟、手表、衣服和额外的两间屋子。

劳动呢？都有标准。每一个生产队的工作都是轮换的。

女孩子想干什么呀？——她想在农村干一辈子，但这要由国家来决定。

［在房间里，墙上有一个小喇叭。］

［总之，到处都是天使！她为了消遣而学习，等等。］

回到大厅。［极度疲劳、厌倦、困乏。］

来了两个年轻人：一个小伙子和一个姑娘（他们都是赤脚医生）＋第三个人（小学老师）。这一切都是为了讨论（!）。我精疲力竭了。

问题（先把所有的问题都提出来）。

［小伙子，年轻，戴着发黄的玻璃眼镜，手非常细润。］

回答：砖块：了解党的政策，让农民也了解党的政策， 108
等等。

［尽管有“斗争”、“努力”等词语，但是，多么超凡脱俗啊*！］

［我不知所措，太疲劳了。这对于我来说，显得太俗气了。］

刘少奇的修正主义路线：“三自一包”（扩大个体承包

---

* 更可以说：是田园诗式的。

田地等）［类似于 NEP①］：

回到资本主义②。农民反对。

随后，林彪的修正主义：污蔑我们的进步。

［我们一直希望他们能提供在公社的具体路线问题和他们的经验等内容。但他们总是闪烁其词。这种情况普遍存在，或者至少在某些对于所有公社都是有效的主题上存在，等等。他们不能提供路线对立的具体情况，而且，原因就是如此！“路线”是一个纯粹词语的实体，是多种主题的抽象混合体——而无法动摇的生活，就在这些主题的伴随下继续！……］

例如林彪是怎样破坏生产的：每天早晚都要在毛主席像面前早请示晚汇报，以便“忠于毛主席”，这样做是浪费时间。

工资，按照能力、按照工作制订。每一天，都根据工

---

① NEP（Nouvelle Politique Economique），指 1921 年由列宁制订的“新经济政策”。——译者注

② 在 1959—1961 年的饥荒之后，刘少奇于 1962 年 2 月推行“三自一包”（即“三种自由和一种保障”），从此开始了去集体化过程：把集体的土地分配给农民家庭，而农民家庭则保证向国家低价交送他们的一部分收成，剩余的由农民自己支配。这一点使人想起 1921 年根据世界大战和国内战争的局势需要由列宁提出的在当时俄国实行的经济自由化的“新经济政策”。译者补注：“三自一包”中的“包”应该理解为“包产到户”，不可直接理解为“保障”。

作情况给其工分：年终的时候，进行收入分配。

一个生产小队，大小差别很大。最大的生产队有200～300人。平均150人。

生产大队：3 000人或1 000人，要看情况。

工分：根据工作的质量与数量（规范），由一个专门的委员会来确定。

［拖得很长，没有兴趣。］ 109

林彪制定了三“忠于”原则：忠于毛主席，忠于毛主席的思想，忠于毛主席的路线→早晚都要忠实于这一原则，要有汇报（也就是说，灵魂检查）。参阅前面[①]。

我们在15点离开该公社。天气晴朗。公路上和南京市的街道上人很多，商店里几乎都是人。这是星期天。

在友谊商店。不如其他地方好看，并且是空荡荡的（是在二楼上），而下面却人头攒动，妙不可言。没有什么可买的。

---

① 林彪被指责搞对于毛主席的个人崇拜，为的是使其脱离群众。

17点，回到旅馆。累得要死，想睡觉。

[那些大字报，甚至是已经编好号码的大字报，从前是在支部内争论，只是借“文化大革命”才公开出来。]

[“批林批孔”运动可能的意义之一：破坏个人崇拜。]

[公社负责人有些让人担心：他在气派上真像是一位领导人、一位老板——大概他是有权力的。]

[母系制表现得很广泛。母亲的出现和重要性。女孩子们都抛头露面（≠马格里布[①]）。男孩子们被贬低。]

[在集体舞中、在住户里，无任何民俗痕迹：无修饰等。]

[无任何宗教表现。]

---

① 马格里布（Magreb），指非洲北部包括突尼斯、摩洛哥和阿尔及利亚儿国的地区。——译者注

［工厂：无产阶级是坚强核心、领导力量。这是些激动人心的问题。

农民：令人头疼。学校：追随主义的孤岛。教师：带 110
有负罪心理。

总之，这种印象是与正统模式相一致的。］

［在等待去洛阳的夜车（午夜）的时候，在普莱内的房间里开会和讨论，威士忌、咖啡、雪茄和海顿—亨德尔的音乐①。］

轻微的不悦。心脏稍稍有些不适。午夜了。我们马上离开空寂的旅馆。

南京火车站，很现代。我们的面包车直接通过专为我们打开的小门儿进了站台。站台上空无一人。

① 海顿（Joseph Haydn，1732—1809），奥地利作曲家；亨德尔（Georg Friendrich Haendel，1685—1759），德国作曲家。——译者注

4月22日，星期一
从南京到洛阳

在卧铺车厢里过了舒适的一夜。尽管到处脏乱，我们却感到舒服，只有我们几个人。枕头是稻糠的。

醒来：土地平展，雾气中透着淡淡的阳光，土地干燥，呈灰褐色，田野是柔和的绿色，绿树成行。我们进入了河南。

[做了个噩梦：帕特里斯（Patrice）与罗兰（Roland）对我的返回根本不予理睬。只有埃弗利娜（Evelyne）表现出同情……]

景致：太像是在法国了［博斯（laBeauce）地区］，但是色彩非常非常柔和。而且，这种无外乡人的感觉让人难以置信。

在餐车里吃早餐。我们犹豫是喝茶还是喝咖啡。

经常有难闻的气味：厩肥、白菜等。 111

特殊的是，来自旅行社的这种无微不至的照料。

一些小车站是非常西方式的，简单而平静。站台上人来人往。买上几个煎饼，随后回到车上。

一个没有皱痕的国度。

景致并不是被赋予了文化的（除了土地上的农作物本身）：没有任何东西在讲述历史。

我们真的被这一特殊的车厢（蓝衣服、花边领和热水壶）困住了：没有权利到旁边的餐厅里喝点啤酒，而是有人拿给我们；每一次需要小便，都要让人为我们打开厕所。

景致越来越漠然。

乏味的地区。

餐车里的午餐非常丰盛。菜肴五颜六色：暗红色（番茄鱼），浅黑绿色（香菇），白绿相间色（青豌豆与一种说不上名目的蔬菜），等等。

每当我们表述一种愿望时，赵向导都说“我们等一会儿看一看”（声调有力，并且就像是只需安排而不需要做决定）。但是，肯定实现的是那些微不足道的愿望及爱好，比如：让学生给一张他们写有几个字的纸，在洛阳吃一种辣味饭菜，在我的房间里放一盆牡丹花等。

毛泽东喜欢红辣椒；他在他吃的每种菜上都撒红辣椒面。

关于中国的一篇文章，可以是涉猎从最严重、最具结构的东西（棘手的政治）到最细小、最无用的东西（辣椒、牡丹）的文章。

112 大约 14 点钟，进入了一处宽阔的干黏土山谷，山谷里有多处穴居人的洞穴。在远处，是一片柔和的绿油油的麦子，种着低矮蔬菜的一块块小菜园，开着紫红色花的树，既像是丁香，又像是紫藤。

太疲倦了，以至于无法注意到景致中非常漂亮的东西，比如那些轻飘飘的树。15 点，到达洛阳。

洛　阳

很美，很热，下了一阵暴雨。三个当地人呆在站台上，一句话也不说。小面包车停在站台上。去旅馆。

小客厅。致欢迎词。参观安排。

旅馆很古怪：每个卧室都有一个很大的客厅，但淋浴设施是陈旧的，散发着潮湿气味、摩洛哥熟皮作坊的气味①和石头的气味。

“我们想参观白马寺。”

——不巧，正在维修②。弗朗索瓦·瓦尔发火了。

淋浴。

牡丹花展，牡丹是当地出产的花③。围成了一个很大的圆圈，大家都围着我们，看着我们。

---

① 一般认为，摩洛哥有两种气味非常有名：一种是其具有代表性的阿拉伯美食的气味，二是其熟皮作坊散发出的气味，根据其出现的上下文，译者认为是后者，所以在原文“摩洛哥的气味”中加进了“熟皮作坊”一语。—译者注

② 该寺庙建于公元前68年，是中国第一个佛教寺庙，在“文化大革命”中被烧毁，后于80年代重新开放。

③ 牡丹花是洛阳的象征，洛阳是中国古代几个朝代的首都。

紫色牡丹没有吸引力，不过，淡玫瑰色牡丹非常之美（这一切，在一连 5 个小时的暴雨气息之中，都被打蔫了）。在公园里散步。人们对我们都非常友善，他们都微笑着。我们走过一个很小的吊索桥。

在牡丹公园尽头，是西汉皇陵（两千年了）。有一个小女孩在叫卖自己的商品。

图 18

113 感到窒息。在陵墓外，而且就在墓前和我们身边的 150 人一起等其他人。天气很好。牡丹。

唉，第二个汉墓！这个墓是东汉墓。我还是下去了，里面阴凉。一千九百年了。那个女孩在变着花样地吆喝，但并不是为讨好人。

小女孩（与她的母亲）。

图 19

城市充满阳光，非常宁静。

旅馆里的饭菜非常可口。

晚饭：赵向导在别的地方用餐，和我们隔着一扇屏风，他在与我们说话的时候，只好转过身来。

第一次听到世界上的新闻：朱丽娅收听到了用俄语广播的有关美国的消息。

餐厅里只有我们几人，在餐厅前面，是一个很大的牡丹花园，那里有池塘，有游泳池。有三个年轻人在打篮球，都向我们微笑着。我们转了一圈，走到了林荫大道上，我们被那些现代的廉价住房（HBM）之间[1]当空悬挂的一块宽大银幕吸引住了。原来，这里在放映一部罗马尼亚的影片（已是夜间）。两个年轻女孩给我们拿来了椅子。天气温和如同六月的一个夜晚，人很多，精神放松了。这是第一个不让人感到造作的城市。回旅馆的路上，我们看到一群小伙子正在林荫道旁坐在小板凳上打扑克，他们朝我们微笑。

回到房间里，我们之前喝了一点白酒。但我是极度疲劳了，在9点时便上床睡觉。

---

① 廉价住房（HBM：Habitationà Bon Marché），是一种社会安置房，现在的廉租住房（HLM）的前身，主要是1920—1930年在巴黎郊区发展起来的。

4月23日，星期二
洛阳

睡得很好（床很舒适，枕头很小），从晚上9点到早晨5点。不过，偏头疼很厉害，是最厉害的一次。外面，天气有些灰暗，但并不悲凉。6点钟的时候，便奏起汽车喇叭和路上小高音喇叭的交响乐。

[这次旅行中的重大情况之一肯定是几乎每一天都有的厉害的偏头疼：疲劳，缺少午睡，饮食或更难以觉察到的是习惯被打乱，甚至是更严重的抵制情绪。是反感吗？]

7点钟的时候，起床，穿衣，我还是非常疲倦。

早餐：蛋糕和煎饼！

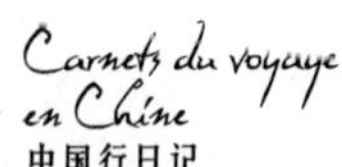

8点，我们乘小面包车去龙门石窟[①]：太阳升起来了，天气非常宜人，让人感到清爽、平静。

一位旅行社的女士，她说法语，便加入了进来，因此，共有4位向导。

对于中国要说的第一件事，就是到处都有许多梧桐树，这是法国特征。

在出城的路上，街上有一群女孩。瑞典式的集体操（那是年轻人的集体操）。老年人在做中国式的体操，更慢，更柔软，更富有神秘感，但都是个人操，与集体操对立。

[赵向导不可避免的箴言：中国的体操，健体益脑。而我更喜欢：mens fada in corpore salop[②]。]

参考：这根本不是我所喜欢的躯体类型，这太猛烈， 115
太歇斯底里（他的词语表述充满着珍贵的成语方式，是歇斯底里式的）。

---

① 中国佛教最主要的岩雕佛像之一，从北魏时期（386—534）开始雕琢，差不多400年之后到北宋时期（960—1127）才完成。大部分作品都产生于北魏和唐朝（618—907）。

② 拉丁文，意为“有健康的身体才有旺盛的精神”。——译者注

［制订我所收集到的一些套式 X（砖块）。］

田野公路上，总是远远地就被自行车、马车、行人、卡车堵塞。路面颠簸，耗费体力。运输的东西主要是蔬菜。

龙门石窟

我们离开了大路，下到了伊河岸上，河面很宽，波光粼粼。

在河岸上，休息，接待室。客厅，茶，香烟。透明的蓝色帷幕。对石窟作简短介绍，说话的是一位年轻小伙子。历史数据，石窟数量，石像等。

许多书法。［东方的香水气味。］

“所有这些（佛像）作品都代表着劳动人民的天才与智慧。”这些话非常重要。美帝国主义的偷掠（纽约博物馆和堪萨斯博物馆）：犯罪。

［三位年轻人参与介绍。］

90％的石像没有胳膊和脑袋。

解放后，石窟得到认真的保护［砖块：“认真”一语］。国务院文物局参与直接的保护行动。修复预算。这些艺术作品：为人民服务。这便是总的介绍。

天气晴朗，河堤上有许多人。 116

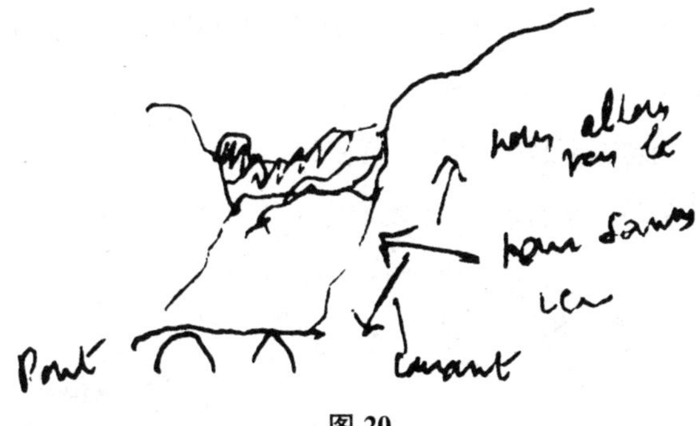

图 20

我们沿着大堤走着，总是有许多人尾随我们。

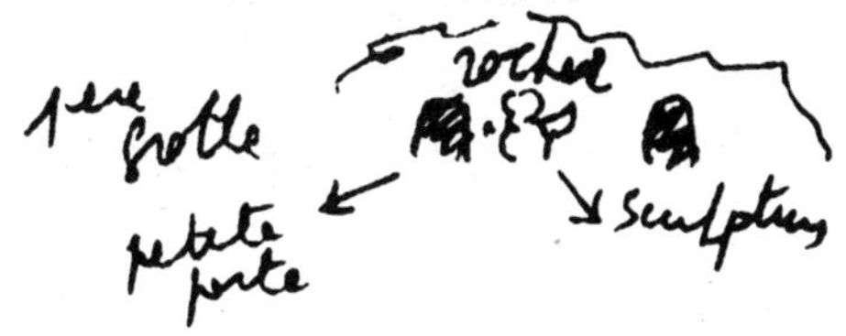

图 21

数不尽的佛像，嵌在石壁上，而石壁就像是绘有图案的纸张。

在第一个石窟之上有阶梯。

第二个石窟。深处，一尊巨大的菩萨石像，总是有一连串的带有无数小菩萨的墙面。（石窟都不深：更可以说是一些石穴。）

［在通常无重要性可言的轻松对话中，总是有短暂的砖块：赵向导：“很可惜，这些石像都被美帝国主义偷掠过。”（这是一种本质上的修饰语[①]）］

［他们都很善于联系，同时亲切可爱。］

117 石墙上布满各种高度的石穴。

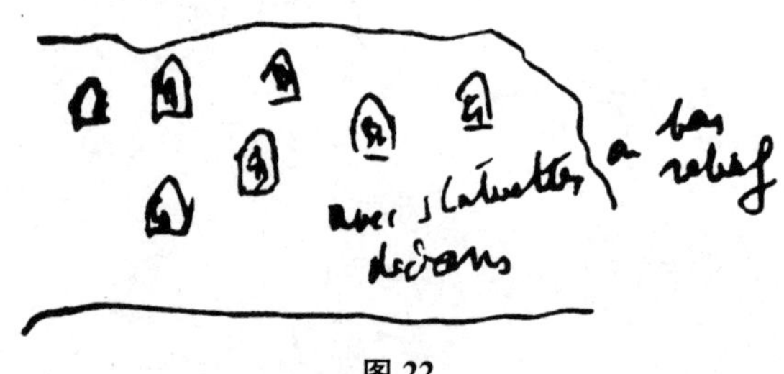

图 22

［如果我落在了后面（我经常落在后面），总会有一个人与我在一起。］

第三个石窟。在我看来，最后面那尊石像漂亮、雄伟、非常威严。那是一张被损坏的石像面孔（就像一个患精神分裂症的女人的面孔）。

---

① “美帝国主义”这一表达方式（带有一个必须的修饰词，符合荷马修饰语传统），与罗兰·巴尔特对毛泽东句法学的修辞分析相一致。译者补注：在“美帝国主义”（impérialisme américain）这一表达方式中，“impérialisme”（帝国主义）是名词，“américain”（美国的）是形容词，即修饰语。

图 23

［尽管有这一切，我肯定不会看到一位中国男人的小鸡鸡。可是，如果不了解性别，又如何认识一个国家的人民呢?］

多么寂静啊（因为我经常在外面等其他人，我不能长时间地欣赏一个艺术目标）！太阳被云彩遮住了一点，柔
和。人们在闪亮的大堤上漫不经心地走着。在远处的一片 *118*
沙滩上——但也没有离开视野，有一些男孩子，其中一个正向水里走去，裤腿是卷起来的。

[很少遇到哪怕是一点点的警察镇压的情况。旅行社的一位职员（从服装上看，已经是一位警察）似乎带有一种怒气，让一群从我们这个小小的神圣旅行团中间穿过，而又不知为过的可亲与憨厚的骑车人从自行车上下来。]

我们沿着石窟的阶梯向上走，后面跟着五十来个人。上面宽大的是平台，经过很好的整理，已经有许多人在那里。

真像是个圆形的马戏场，壁上雕有七八尊大石像，最高的一尊位于中间。

石像：绝对是中国人的面孔。

图 24

这一切都经过很好的修复，那是在解放以后进行的（它是一处寺庙[①]的剩余部分）。

[向导坚持给我讲解。他呼出的气散发着食物的气味。]

只要我们想过去，人们就闪开让道。

① 据了解，这里曾经是古代奉先寺的所在地，后毁于战火，因此才有圆形的场地之残迹。——译者注

他们频频地拍照。一旦他们都有了相机，那将是可怕的事情，就会像日本人那样。

与图像有什么关系呢？

在（工人们）抖动着的衣服里面，抖动着阴茎。

这是个纯粹的旅游景点，这些人都来自何处呢？附近没有村庄，什么都没有。他们都呆在那里，成了来看我们的旅游者，而不是来看景点或石像的旅游者。

另一处阶梯。中间的那个石窟，是最早的石窟。石窟 119
顶的石板上雕刻有书法。这尊（最深处的）石像，损坏严重，陈旧的颜色消退殆尽，蓝色也难以辨析。

阶梯一直延伸到很高的地方。在最下面的堤岸路上，人们在等着。从这个拐弯处望去，远处宽阔无际：实际上，没有了山谷。天气更灰暗，但是有一股暖风。一只空船漂荡在这条相当狭窄、可怜和多沙的河流中间。远处，有一队干活的人密集地待在田野里（他们总是以密集的组群出现。人民公社）。

闻到可怕的尿素的气味。

我提前来到了更高的平台上，只有我和一个小姑娘，她美丽而朴素，梳着辫子，穿着系鞋带的平底鞋和白色袜子。

下面，两个背背篓的人在沿河岸而砌的石头沟槽里洗脚。

[索莱尔斯也是借助于运动来进行，这一点令人讨厌：他总是一个时期接一个时期地不停地攻击同一点，每一次都用有所变化的实际例证、玩笑等。现在，便是攻击作为宗教和唯心论者帮凶的拉康①，等等。]

其他人都不上来，我自己上来毫无意义。但是，景物或者说是带有损坏严重的石像的石窟，却是美丽的。

小石窟：墙上有医治癫狂病（＝“魔鬼狂妄之言”）的药方。

天气灰暗，暴雨阵阵。

我们返回。不少年纪很大的老人，留着山羊胡子，拄着拐棍儿，戴着鸭舌帽。

[我想到了昨天晚上的事情，惊喜地看到了露天电影，
120 却又是那样多地出现不谐调的情况（罗马尼亚的影片，临时拿来椅子，晚上很温和）。这就说明，由于旅行社官员连

① 拉康（Jacques Lacan，1901—1981），法国著名精神分析学家。——译者注

续地、寸步不离地出现，才阻碍、禁止、审查和取消了出现惊喜、偶遇事件和俳句的可能性[①]。]

10点45分。回到招待所。其他人在购买书法作品（石窟的拓印品）。但是太贵了：300元一套，还不能分开买，因为这是“为了学习书法”。

讨价还价，因为我们很惊讶。但这不是一种绘画，这是一种供学习使用的遗产，而且进行拓印是很困难的（脚手架等）。那些人对我们的惊讶发火了。

在中国，有一种佛教协会：可以让人学习佛教（但都是专门人员）。

与负责人继续讨论。在“文革”中，可以参观，但不能搞“极左”的游行。

这可以给孩子们当教材：帝国主义是怎样偷掠的，等等。

---

① 参阅第三本日记的第2个注释和西蒙·莱斯（Simon Leys）的文章：“在这些旅行之中，一直都组织得无可挑剔，一切属于意外、偶然发生、即兴发挥、自发行为都严格排除在外。闲暇时间也是如此：参观者的日程一般都从太阳一出来安排到深夜，使参观者一直处于紧张状态。”[《中国皮影戏》（«Ombres Chinoises»），见于《论中国》（*Essaissurla Chine*），出版社同前，236页]。

在河流的另一头：还有其他的石窟。我们看得见刚才看过的那个石窟。那个上面有马戏场的石窟，是非常壮观的。其余的，都充当鸽棚。

路面平坦。我向上走了一段，没有再去看石窟。见有用俄文和英文写的牌子：外国人不得穿越。

常有军用卡车通过，这该是一种解释。

从另一端传来了农家车行走的吱扭吱扭的响声（骡子、矮马、驴）。

[那些昂贵的书法所带来的令人不悦的意外：大概，
121 佛教可以研究，但不能传播。也许，还充满着孔夫子的
格言。]

乘颠簸的小面包车返回。在索莱尔斯的提议下（这个提议令人厌恶），不可避免地唱起了革命歌曲（其中尤其有《国际歌》）。我们路上遇到了一队举着红旗的人。

那位女向导，每月工资 56 元，她的丈夫是一位技术人员，工资相同。他们都是干部。女儿在幼儿园的开销：每月 10 元。

工人：八级工资制，每月从 40 元到 100 元（包括有经验的学徒工）不等。平均：每月 60 元。

住房占多少？[1]

午饭：瞧，油炸食物！

还是一次讨论，这一次，是普莱内取代了索莱尔斯，他很想说佛教就像是宗教、唯心主义、政治权力等。伏尔泰主义。但是，唯一的问题，是政权。然而，任何制度与宗教都有关系——包括政权。

下午，拖拉机厂。

[在去拖拉机厂的路上，我们的司机机敏地避开了一个骑自行车的人，真让人难以相信。]

在工厂受到迎接。有十来个人，都是年轻的工人，其中有一个主要人物，他面皮细嫩，穿着深色的公务员服装。

大客厅，单人沙发，四幅领袖肖像，有一幅绘有一棵松树的画，传统手法。

欢迎词非常讲究修辞。行政事务副厂长（很年轻）作

① 此处用问号代替了划掉的“40%”。

了简单介绍。

122 这个厂，叫“东方红”拖拉机厂。1955 年开始建造，1959 年完成。占地 14.5 万平方米，23 000 名工人，其中 6 700名是妇女。

[更有气魄，更大，更先进，更严肃。]

是在斯大林时代由苏联帮助建造的。但是，1957 年，赫鲁晓夫反对马列主义和无产阶级国际主义。苏联撕毁了协议，停止援助，企图扼杀中国年轻的拖拉机工业。一夜之间撤走了所有专家。

[在我对面，有两位年轻的男工，英俊，在细心听。][茶不错，金黄色。]

许多困难，许多损失。

[在客厅里他们有 15 个人，在听他们的同志说话，都参与微笑。]

举例说明苏联的破坏所带来的损失。继续控诉苏联(不寻常地冗长和详细)。

[在斯大林与赫鲁晓夫之间作明确的区分。是当时的苏联与他们断绝了关系。他指责那时的苏联，却不指责斯大

林。赫鲁晓夫开始和“创立了”修正主义、帝国主义[①]。]

苏联同时提高了其价格，把旧零件充当新零件卖给我们。这一切都发生在1959—1960—1961年，而尤其是在赫鲁晓夫执政之后。

此外：刘少奇的修正主义路线：物质刺激。这使我们只能生产一种拖拉机。

在毛主席革命路线指引下，无产阶级“文化大革命”：
经济独立，自力更生。我们根除了苏联修正主义和刘少奇 123
的影响。

我们进行了“三结合”（?），包括有经验的工人……[②]我们进行了一系列的生产、技术和设备的革新。现在，我们生产四种类型的拖拉机：75马力+履带拖拉机+60马力推土机+5万千瓦发电机，而尤其是在无产阶级“文化大革命”中，我们生产40马力轮胎式拖拉机，这种拖拉

---

① 尼吉塔·赫鲁晓夫（Nikita Khrouchtchev），于1953年继斯大林之后成为党的第一书记，他于1956年2月在苏共第20次代表大会上开始搞“去斯大林化”。在会上，他揭露斯大林和个人崇拜。中国人不肯搞“去斯大林化”，便与苏联出现了越来越大的分歧。中国的民族主义与苏联想指挥社会主义阵营的愿望相左。中国领导人似乎认为赫鲁晓夫在这些对立中是决定性人物。断裂发生于1960年7月，苏联人很快地撤走了专家，终止了正在执行中的科学与技术合作协议，以便向中国施压。

② 详细情况将在后面提供。

机更适合我们农村的需要。现在，每年生产 21 500 台拖拉机。

工厂由党来领导，只有两个层次：

1. 工厂革命委员会；

2. 分厂革命委员会（17 个）（＝车间）。

工厂医院，有 350 张床。幼儿园，托儿所，5 所小学，两所中学图书馆，体育场，游泳池。

[所有这些“工人”，手都是细嫩和干净的。]

参观：

[就像在各个地方所见的那样，办公室被分成了男性办公室和女性办公室。]

这简直是一座城市。

厂房很大。铁锤，熔炉，热气，火花飞溅，响声吓人，炽热的铁条被锻打。工人们都很英俊，他们停了下来，围过来看着我们走过。[我尽力待在那位最英俊的工人身边，但有什么用呢?]

另一个厂房：锻压车间。

工人的面庞是亲切的、开放的、正派的、微笑的。这显然是可爱的大众。①

在这个城市的另一个地方，是女工车间，厂房很小，有几个男人。人们在刮器件（模具）。

[这一切：很说明问题。]

[赤脚医生，同时也是手很干净的工人。] 124

干燥车间，很热。

[那位英俊的工人对着我微笑，但这意味着什么呢？完全不清楚。这个工人有点儿害羞，脸上泛红。]

精密件车间。

[以旅游者身份在这些因工作而被异化的工人们中间闲逛，真让人感到有点儿不好意思。]

我看得更多的是工人，而不是加工零件。说到底，我是有道理的。

我所看的那位工人，眼睛上蒙古褶很多，有一撮小胡

---

① 罗兰·巴尔特在谈到爱森斯坦（Eisenstein）的影片时，评论了这种观念："爱森斯坦的大众是可爱的"（《第三层意义——爱森斯坦几幅电影剧照的研究笔录》，«Letroisième sens. Notes de recherche sur quelques photogrammesde S. M. Eisenstein»，《全集》第三卷，第498页）。

子。他看上去 16 岁左右，但已经有一些白头发。他是客厅里两个伙伴中的一个。

继续参观，等等。

装配车间。在长长的生产线上，红色拖拉机渐渐成型，最后它被装配完毕，亮起了大灯。一个男人进到拖拉机里，将其开出车间。

这一切，是伟大的创世场面。

另一个小型拖拉机的装配线。一台拖拉机出来，开始行走。

索莱尔斯被邀试开。

一些工人围上来看。生产线竟停了下来！

在一处平坦空地上演示：拖拉机像发了疯似的，在履带上转弯。

回到客厅。休息，茶，毛巾。

（汇总起来的）问题与讨论：

125 “我们已经打破了赫鲁晓夫修正主义集团和刘少奇修正主义集团的封锁。”在我们厂里，有一股修正主义回潮，那就是返回到大搞物质刺激。但是，工人们都拒绝这么做。

在最近的中国共产党代表大会上，毛主席教导我们，在整个社会主义阶段，都充满矛盾和阶级斗争。林彪与帝国主义、现代修正主义和反动派勾结，掀起了反革命、反华的运动。林彪是个两面派，他破坏了党的胜利路线。他宣扬知识分子高贵，宣扬英雄创造历史，宣扬克己复礼，目的是把社会主义的中国变成半封建、半殖民地国家。

一位有经验的工人可以对这个问题作证。[他就在那里！已准备好开始接替别人来讲述。他开始了……]

这位有经验的工人的个人成长史：13 岁，他在资本家那里当工人，每天干 13 个小时，受着非人的对待，就像是奴隶。[关于过去的关键词。][在一种完整的故事梗概中，有着一些“角色”：老工人、老人力车车夫、模范母亲等，而这家如此大的工厂可以养活他们。在这些文字中，可以找出他们的名单。] 他的家庭和孩子们。他现在的生活非常幸福。每月 200 多元工资（?），工厂特别关照有经验的工人。[老工人急着讲述他的经历，他甚至对翻译发了火并打断了翻译的话]。我们也教育年轻的工人。社会主义可以救中国。资本主义是一切罪恶的根源。

——返回到物质刺激的潮流，是不是在青年人身上更为严重呢?

——正是因为这样，老工人才教育年轻人。

126 (有经验工人=老工人。)

[这真是模范工人。]

——三结合是什么*？有经验的工人是核心，是主要力量+技术人员+领导人。新的组织形式：企业管理。是在冶金协会宪章颁布和“文化大革命”开始之后形成的。

——那么，年轻工人呢?他们可以获得经验（成为有经验的人）。

[那位英俊小伙子的同伴，作为年轻的八级工插话。]

三结合：在车间里也是一样。

工人级别（八级）。第一级：学徒（三年）；第二级等（工资不同）→第八级（102 元）≠年轻人。年轻人工资：38 元（第二级）。企业的最高工资：总工程师拿 270 元。[总工程师或技术员都是由国家派来（技术学校），工人则是由工厂培养（工厂有自己的学校）]。该工厂平均工资：54 元。

---

* 见前面概述。

妇女们都参加“批林批孔”运动，因为她们是孔子和孟子[1]所主张的旧社会的牺牲品。孔子蔑视妇女。而林彪则压迫、蔑视、剥削妇女。妇女们无比憎恨旧社会、孔夫子和林彪。

例如：林彪主张妇女在家里做一个好主妇，阻止妇女参加政治活动。因此，妇女完全地和彻底地拒绝孔夫子和林彪。在这种十分女性化的话语中，那群年轻的温和男子扎堆坐在单人沙发上，一言不发。妇女成了这一运动的先锋。

（一般工厂的）革命委员会：50 个委员，其中 17 人是 127
常委。

受邀与工人们一起用晚饭。颁发洛阳工厂的厂徽。

在食堂吃晚饭。许多个窗口，里面大约有 15 个厨师，从背后看，都穿着白色衣服。“老中国人。”瓦尔与我去一张桌子上吃饭，那里已经有两位年轻的工人，他们都很干净，两手细润（他们是“修理工”吗？），非常客气。菜很多，味道很好，有点儿凉，没有米饭，只有馒头。他们吃

---

① 孟子（大约公元前 380—前 289），是继承孔子思想的哲学家，同样是“批林批孔”运动的靶子。

得很多，吃得很香。馒头是一种非常有营养的食品。

最终，对这两位身着蓝色衣服、亲切好客的工人有了好感。

在餐厅的出口，有两脸盆热水（类似于漱口水）和两条干净的毛巾。在我们去感谢厨师的时候，受到了全体厨师（其中有一位英俊的蒙古族人）和食堂里所有工人们的鼓掌欢迎，他们都站了起来。我们走出食堂，去上小面包车，所有的厨师都列队送行。

就在这时，那位英俊的小伙子透露他会说点法语，他是在一所综合理工学校学到的！(他的发音还不错呢。)

返回到客厅里（其他问题)。

每天吃这样的饭菜，一个月下来要花 17 元。把剩下的钱存进储蓄所，帮助革命。一斤鸡蛋＝7 毛钱。

在流水线作业中，重复的动作不会带来异化吗？——一直在同一台车床上工作的人很少。每一个工人都能操作多种车床。

［回答无力。］

［确实，流水线部分相当复杂，足可以表现出多样化。］

128 ［对于其他的问题，我有点儿恼火了，因为回答总是田园诗式的。］

《哥达纲领批判》，尤其是《国家与革命》和《帝国主义是资本主义的最高阶段》等[1]：这是与“批林批孔”有关系的重点学习的书籍。

百分之百的工人参加政治和意识形态学习小组。

致答谢词（19 点 15 分）。

“我们谨请您转达我们对于法国工人们的问候”（!）

那位英俊的懂点儿法语的小伙子握住我的手（我手上的水还没有干），足足五分钟。

晚上，地方戏，河南省评剧团

《向阳商店》。故事发生在 1963 年：主人公是一位善良、富有战斗意志的姑娘。她的父亲善良，但需要开导，是一个丑陋的资本家。这是“人民内部矛盾”（围绕着自由市场主题）。[2]

---

① 马克思的《哥达纲领批判》(1875，发表于 1891 年)；列宁的《国家与革命》（*L'Etatetla Révolution*）（1917）、《帝国主义是资本主义的最高阶段》(1916，发表于 1917 年)。

② 根据译者记忆和网上核实，该剧剧情大致如下：新职工刘春秀为支援附近工厂开展生产会战，在党支部支持下出动流动售货车，送货上门。潘有才是个漏划的反动资本家，他勾结投机倒把分子制造翻车事件。刘春秀继续出车，并深入群众调查敌人活动。刘春秀的父亲（商店经理）缺乏阶级斗争意识，在敌人的蛊惑下，强迫女儿刘春秀“请调”工作。刘春秀抓路线，辨方向，团结店内外革命群众，帮助父亲认识到资本主义经营思想的危害，斗倒了暗藏的敌人。编剧：集体创作，胡沙、安西执笔。——译者注

大厅，坐满了平民百姓。在最后的时刻，人们让我们快速地走到前面就座，我们的两侧总是旅行社的人。

男演员，粉黛吓人，妆化得太浓了；体魄无力，肥胖，无异于鸡奸者；女演员，微笑而果断（非常具有美国的母系制表现）。

粉饰：好人涂血红色，叛徒涂淡绿色。参阅古代戏剧。

乐队位于帷幕后面，舞台两侧都有竖起来的光板，上面不时地出现毛泽东的语录（我认为，毛泽东不是布莱希特式的）。

演员们在对话，每个人都按照规定唱起来。美国式的喜剧。

129 他们的服装都很干净，“是特意制作的”，没有任何损坏，任何生动、“真实”。这并非布莱希特的。第二种装饰：房间的内部，热水壶！过了一会儿，女主角，即流动售货员带给农民一样东西，是什么呢？还是一把热水壶！

[对于这个国家，有两种相宜性：1）来自于资产阶级民主的看法：佩尔菲特[1]，很欣赏这个国家，欣赏其操作能

---

[1] 阿兰·佩尔菲特（Alain Peyrefitte，1925—1999），法国政治家和作家，其与中国有关的著述有：《当中国醒来，世界将颤抖》（*Quandla Chines'Éveillera…le monde tremblera*）、《中国的悲剧》（*La Tragédie Chinoise*）和《中国已经醒来》（La Chines'est Éveillée）。——译者注

力，指责其灌输思想[①]。这种观点可以在来到这里之前得到支持，而来到这里之后，无任何改变。2）来自于社会主义内部的看法。

争论：官僚主义，斯大林主义，政权，阶级关系等。模糊认识在延续。]

显然，人们只想笑一笑；他们身上蕴藏着敏感性、注意力和新鲜感。他们强烈地期待着天才，期待着好的喜剧。他们遇到的是平庸之作，该作品让他们无所发挥。多么糟糕，多大损失！无天才表现是对于革命的犯罪。

女演员们：动作的编码性很强（特别是在唱歌的时候）。何种编码？我发现了！那是某些商店橱窗里蜡质模特的举动（胳膊与手、脚的位置）。

所有表现出活泼场面的剧目的目的（“向前”的图解）。参阅“感人时刻”[②]。

---

① 阿兰·佩尔菲特所著《当中国醒来，世界将颤抖》，Paris，Fayard，1973。

② “感人时刻”（Instant Prégnant）是布局的最佳时刻。这种最佳时刻，狄德罗当然想过（早就想过）。……这种完全具体和完全抽象的关键时刻，便是莱辛（Lessing）（《拉奥孔》，*Laoccon*）称之的“感人时刻”（《狄德罗，布莱希特和爱森斯坦》，«Diderot，Brechtet Einsentein»，1973，《全集》第四卷，341 页）。

（在这里：是向前的运动。）

宗教信徒：善良主导着魔鬼的举动。（在这里：妇女在男人的头上走路。）

4月24日，星期三
洛阳

天色灰蒙蒙的，和昨天一样。每天都偏头疼。 130

早餐：鸡蛋炒面。肉馅炸糕。油炸馒头片（很好吃），和很像法国奶油果子饼的大发糕。

昨天。演出：正面的主角似乎总是一位女性（一位少女或是老年妇女，没有“30岁的女人”[1]）。

8点。整理行李。太阳升起来了。

---

① 影射巴尔扎克的小说《三十岁的女人》（*La Femme de Trenteans*）（1842）。

参观一处矿业工程机械厂。

像以往那样，在台阶上等待。

以革命委员会的名义欢迎。

＝一处矿业机械加工厂。

厂长对革命委员会的行政事务作了简单介绍。服务于煤矿工业、冶金工业。

有 10 000 人。

[这里的单人沙发是皮质的，客厅不是很大。四幅肖像＋毛泽东的肖像。外面，天气很好，迷人。]

选矿、洗矿。[茶色很浓。] 对于各种机械的描述（我没有记录）。[茶不错，有香味，不是淡而无味。]

这是一个在斯大林时期建成的工厂。后来，赫鲁晓夫召回了专家，生产受到了破坏（已为人所知的关键词）。于是，自力更生。

[统计关键词，即汇总砖块，例如：介绍过去/现在，关于撕毁合同的讲话。] 医院等。（150 张床）俱乐部* 有 1 000名成员。

* 俱乐部＝休闲场所。

中学（2 000 学生）＋4 所小学（3 000 学生）＋7 所幼 131
儿园。每周看两次电影。免费淋浴。

女工：28%，与男工同酬。

政治：妇女与男人平等。日常生活：照顾（56 天产假，每天一小时喂奶）。

“文化大革命”开始之后，生产获得了发展。目前，“批林批孔”促进了生产。现在，借“五一劳动节”之际，活动规模更大。

参观。

[昨天，歌剧。我们是神圣的：人们靠近我们是为了围观我们，人们闪开一点是为了不碰上我们。]

厂房很大。工人们都停下了手中的工作，看着我们。钢铁闪亮，淬火处理，锉屑等。

[总结：语言描述，是敢说。结论：需要帮助。因此，只有一种立场是正确的：朋友，同路人。]（再一次看到小红书[①]里的毛泽东语录。）[在这里，无任何色情。]

---

① 军队政治部于 1964 年出版了《毛主席语录》，又称“小红书”，在后来的时间里，出版了大约 10 亿册。

在我身边，有一位矮个子的年轻人，目光恍惚，透露能说一点法语（在腾都[1]综合理工学校学过一年法语，参阅昨天的介绍）。

招贴画。

“批林批孔”的漫画。

一扇很大的门上，有焦裕禄[2]同志的画像（那是一幅画）——英雄榜样（?）：他曾这个车间工作过（车间主任）。[我们周围有 50 个人左右]：他工作很好。离开这里去帮助贫苦农民和教育他们去了：兰考村变成了一个模范村=“毛主席的好学生”。

招贴画。关于巴黎公社的讲话（巴黎公社诞生 103 年
132 纪念日）：重大的无产阶级节日。“批林批孔”。1871 年 3
月 18 日：世界上第一个红色政权，获得了马克思的支持[3]。

[许多人看着我们，围着我们。这可是个无所事事的好机会！没个完吗?]

---

① 该词也许是“Tandou”（=“唐朝的首都”）。洛阳曾经是唐朝两都之一，另一个是西安。

② 焦裕禄，是杰出的村负责人，是典范。译者辨释：这里，注释者显然也不了解真实情况，焦裕禄曾在该厂担任过车间主任，后调任河南省兰考县担任县委书记，而不是去了“兰考村”。

③ 在《法兰西内战》（*La Guerrecivile de France*）（1871）一书中，马克思评论了巴黎公社（1871 年 5 月 18—28 日）的起义，巴黎公社成了革命的参照。

图 25

大幅绘画。有关英雄的照片。遗物：他的上衣，他的办公室，他的口罩，他的板凳等。

另一个矮个子的人，说法语。

另一个厂房，绘画，漫画（这一次，带有漂亮的草书书法）。——不，这更是一种带有情节的连环画。

[女向导 30 岁，但像是 50 岁的人，她对我们纠正她的翻译十分苦恼。但是，我给她打了 5 分，她非常高兴。]

砖块："贫农—下中农。①"

"他去农村与……一起劳动——（砖块）。"

主题：知识分子下乡。

在我们身后（我们正在解读带有工人诗歌的绘画）：人群围了好几层。

---

① 1950 年的土地改革，以包含着政治标准的社会标准为基础建立的新的等级划分，取代了传统农村的复杂等级。党依靠和看重"贫农—下中农"。

我们更在绘画面前停留，而不大在机器面前停留。我们是懂得言语活动的人。

“我总是（一队人的）最后一个。”——因为您老了，那位可爱的女向导用正确的法语句子说。

133 铸铁车间。轧机。

这个车间更安静些。每张桌子围着十来个工人，他们看着我们，“坐着，什么也不干①”。

另一个车间。在工厂中央大道的边上，两个工人坐在加工件上，一个用手轻轻地握住另一个人的手腕，温情脉脉地玩耍着。是出于天真吗？

这是最为松弛的工厂，他们可以随时停下来（在最后的答谢词中，我说了话，同时赞扬了表现出的平静和努力有度。）

---

① “平静地坐着，什么也不做/春天来了，小草在独自生长”，这是鉴真的诗歌，出自具有禅宗传统的《鉴真语录》（15 世纪）（*Zenzin Kushu*，Xvesiècle）一书。该诗曾在《偶遇琐记》（*Incident*）（《全集》第五卷，974 页）和《新生活》（*Vita Nova*）（《全集》第五卷，1011 页）引用过。

回到客厅。——问题？

我们没有什么问题。

（时间是 10 点 30 分）。

生产标准来自于国家。

接待客厅的经典布局：

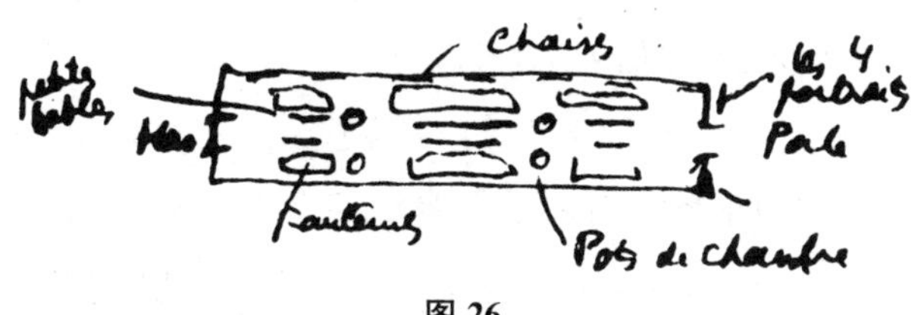

图 26

三结合：工人，领导和技术人员。

这个工厂的革命委员会：32 人，建立在“三结合”原则上（老、中、青）。选举，要在工厂一级讨论。候选人可以是各种类型的人，是无产阶级“文化大革命”的先锋。经过讨论，再由更高一级单位、党委和洛阳市批准、同意。

革命委员会：几位有经验的干部、年轻的妇女（4）＋工人＋技术人员。

任期？要根据企业的具体情况和条件确定。工人有权 134
撤换。当前的委员会：1967 年 9 月成立。当前的“批林批孔”呢？没有改变，但增加了新的成员（先进人物的出现），有党员和非党员。

革命委员会与习俗：有行政办公室负责结婚登记（工会，丧葬）（行政办公室，负责小事≠革命委员会，后者负责大事）。结婚：年轻人表达他们结合的愿望，行政办公室同意，并回到居民区办理手续（政府）。随后，行政办公室提供住房、家具等。结婚日期由两位年轻人确定（节日，周日），同志们参加。有几天婚假。

——在什么情况下不同意结婚呢？——主张晚婚，这是自愿遵守的规定。因此，一般说来，没有拒绝的情况。

——具体说来，你们这里对于“批林批孔”有何期待呢？

——“文化大革命”以后，有一股忽视“文化大革命”成果的右倾潮流。现在的运动就是顶住这股逆流。这股逆流鼓吹物质刺激，这就是我们要批判的东西。

结束。颁发厂徽。

朱丽娅提了最后一个问题：离婚呢？太少了。

旅馆。在大厅里，有另外两个小伙子坐着：一个用胳膊搂住另一个的脖子，而另一个则握着他的两只手［遗憾的是，在多数时间里，他们的手都是湿漉漉的］。

提醒注意：一位革命委员会主任：每月 240 元。

很突出制服上的一致性，但也有细微的严格区别（干 135
部/工人/职员）。实际上，与我已经记录的不同的是制服的结构（一致但有区别标志）。

孔夫子：孔圣。但是，后者更受尊敬（就像老子那样）。因此，今天，在广播中，人们称其为孔丘（丘，老人?）或孔夫子①。

圆珠笔的故事：我曾经想扔掉一支用过的圆珠笔，便将其放在了抽屉的最里面，但人们又连续三次将其还给我②。

开往西安的火车晚点了。我们先是在旅馆等候，随后来到车站的一个客厅里：茶（没有香烟），白色布套的单人沙发。只有毛泽东的画像（没有其他四人的肖像）。书法。正是 15 点 20 分。向旅行社胖胖的主任郑重致谢道别。

---

① Confucius（在汉语中为孔丘），被说成 Kongfuzi（即“孔师父”），从 16 世纪起，在中国的西方传教士称其为 Confucius。

② 西蒙·莱斯以相似的方式告诉了人们一个故事：“有关用过的刮脸刀片的举动，今天在所有去中国的旅行中都会见到：旅行者在他的旅馆房间里丢弃了一片用过的刮脸刀片，人们会在旅行的每一个阶段小心翼翼地送回给你”（《皮影戏》，见《论中国》，出版社同前，236 页，注释 1）。

从洛阳到西安的火车上

与从南京到洛阳的卧铺车厢一样，干净，舒适，枕头柔软，拖鞋。车厢里只有我们几人。外面，灰暗的风雨天气。

天色灰暗，尘埃蒙蒙，风雨雷电，干燥而很少绿色。草原莽莽，丘陵逶迤。火车走得非常慢（正在爬坡）。

[我们与旅行社在一起，我们是穿墙者[1]，我们穿越火车站的墙、旅馆的墙、工厂的墙，从来不停下来，不搞什么仪式，不作什么检查。]

136 16 点 30 分。我们从出发以来走了还不到 100 公里，也就是说，不满 100 公里就用了 3 个小时。

在火车的左侧，是很宽的干枯河床。淡绿色的，是

---

① “穿墙者”（passe-murailles）一语，取自 20 世纪法国著名作家马塞·埃梅（Marcel Aimé，1902—1967）中篇小说《穿墙者》，讲的是一位不被上司看重的小职员意外地发现了自己具有可穿越墙壁的特异功能，并由此引发了他与上司之间一连串颇具讽刺意义的故事。——译者注

麦田。

17 点 15 分。重新出现绿色平原。

外面是灰尘，直至深夜，窒息难忍。

20 点 30 分。由于火车有一两个小时的误点，所以人们让我们去了餐厅：啤酒、咖啡、馒头和果酱。

21 点 30 分。到达西安。两个小伙子微笑着，其中一个法语说得很好。塔楼式火车站。[①]

火车站会客厅，茶，致欢迎词。日程。

人民旅馆，宽大，望不到边，不太亮。餐厅在尽头。只有我们几人在吃饭，餐厅很大，像是一个舞厅。

---

① 西安火车站“建于 1933 年，传统风格，屋顶有彩绘，大红柱子颜色鲜艳，护壁板呈桃木色”，见马塞兰·普莱内：《中国游记》，83 页。

4月25日，星期四

西安

7点。楼下有一条很小的花园小径，一个中年男子在独自做体操（有点像是瑞典的体操）。

接着，一阵刺耳的收音机的响声。哦，可能是邻居！一位法国人这样说。

天空是淡灰色的，模模糊糊地有点儿阳光。

大雁塔（唐代） 公元652年

大雁塔公园里响起了鼓声。为什么？

137 花园。农村。在花园一侧，长着一些蓝蝴蝶花。天气很好。

两个小亭子：一个里有钟（用于早晨时刻），另一个里有鼓（用于晚上时刻）。

很静，没有人。

有8层，64米高。

法国式的大花园。紫藤，蓝蝴蝶花，黄杨。

登塔。我在第二层停了下来：满眼是雾气腾腾的农村景象。在其他人继续登高的时候，我一个人走了下来。参观的人都是老百姓。天气很好，微风徐徐。

出发去考古博物馆。赵向导在车上向我们每个人都提了问题。

[我的现象学水平＝能指的水平。

在中国，唯一的能指＝字体（毛泽东的书法，大字报）。]

[他们在不停地看着你！目光中，有着强烈的令人难以置信和富有诱惑力的好奇心。这种目光投向你们，而不是投向个人，更不是投向作为色欲表现的身体，但却是抽象地和基本地是投向一类人：我失去了我的身体，而让位于

我所属的生殖系列。]

10点，在史前博物馆[①]。

会客厅，欢迎仪式很成功。

灯光明亮，宽大，美丽的古代绘画。一个脸上长有粉刺的小伙子，目光美丽可爱。

一个脸上闪现着机灵、长有麻点和充满智慧的年轻女子在作介绍。小伙子一句话不说。（那位年轻女子有30岁！）

［服装上的一致性，意味着他们属于同一个范畴（例如
138 都是公务员），这种服装绝对地是一致的和相互间可以替换的。］

外面，所有的大门都是敞开的，天气很好。博物馆的厕所（见图27）。

博物馆的展厅里，重新复原了史前社会的生活，而在对史前社会的描述中，加进了一些革命套语（“实践”、“劳动者”、“集体主义”）。

---

① 该是“半坡博物馆”。——译者注

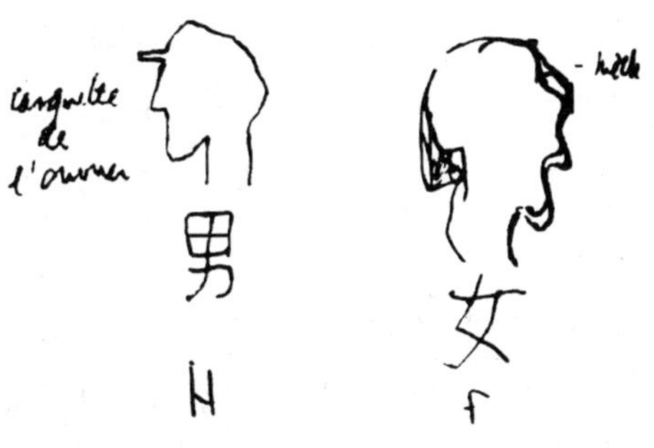

图 27

小伙子：面貌温和，像个女孩子（他们经常是这个样子）。

对于原始公社、氏族、母系社会等的讨论。

参观：

[对这个社会的介绍是含混的，介绍是由那位闪现着机灵、但明显没有能力的年轻女子作的。不幸的是，这种介绍充满了明显的成见：集体主义，平庸的唯物主义，缺乏象征。]

带有闪光点的地图（那些史前遗址）。如果忽略西藏的话，西安正是中国的中心。

博物馆建筑很好，明亮和便于教学。有不少人。 139

我坐在展厅的一个长凳上，人们都悄悄地离开了。

在展厅的深处，有一幅很大的复原的绘画，不像是真迹，而更像是苏联式的，像是库尔贝[①]的绘画。

这一切都是中国中心主义的表现。无法让人对这里的社会、村庄等产生什么想法——就像在其他地方那样。人种学没有了。无任何比较研究。

一幅可怕的现实主义绘画：一群原始人围着一个火堆。一个是主导者的女人高举着手在说话："村民们在讨论问题!"

[汉人和社会中心主义：这一切都说明对被看重的公社、原始的集体主义的追求：起源是典范，是保证。]

[在这里，重要的和足够的学历似乎是：中学毕业。高学历之人总是保持沉默，任何人都不会摆脱这种情况。可以说，这是巨大的不信任。一切都瞄准中等学校，随后是专业技校：总的说来，这也是法国现行体制的梦想。]

---

① 库尔贝（Gustave Courbet，1819—1877），法国画家。——译者注

［只有小孩子们的衣服是个性化的，色彩斑斓。］

在参观了两个展厅之后，开始说教，相当空洞，是在外面的花园里，因为展厅被数不清的发掘出来的东西的模型所占据（不，就是发掘的东西本身）[*]。

小女孩们都穿着黄褐色的上衣，梳着辫子，背着书包， 140
总是带着水壶（军用水壶，像童子军）。

［1. 能指的话语（文字）；

2. 所指的话语（砖块）；

3. 解释。斗争。结构。过程。］

这种假的模型（既然它是实际的），带着一些灰色的孔，布满灰尘，像月亮一样灰白，是一种难以忍受的烦恼。农民，女孩子们，毫无表情地围着它。

有时，我很喜欢不流露出感兴趣。

［所指的平面：也就是说，堵塞位置的东西、拦住能指

---

* 被一个带顶的展厅所覆盖。

的东西，完全地排斥能指。在博物馆，很难使能指去说明史前渔民村庄里画的鱼是一种图腾。]

离开博物馆。天气很好。发放徽章（鱼）。

[自从有言语活动，就不会有单纯的唯物论。教条唯物论与言语活动对于事实的否定并行不悖。马克思主义者的弱点——每当索莱尔斯主动和挑衅性地发表一通马克思主义的讲话、每当他使唯物主义成为某种直接陈述句的时候，他便忘记了言语活动，到头来，他就不再是唯物主义者了。]

141 **下　午**

荒唐！人们要我们拿出护照，“为的是盖章”。

乘车 45 分钟（天气很热）去访问农民画家。城市很大，延宕无际。

很少见的一次争执：在我们的司机与一辆不让路的卡车之间。

路遇一次葬礼——死者被放在农民的车里。

我心情很是不悦，护照被拿走了，去访问农民画家等。

与农民画家在一起

走了一个小时的平坦田野，一路上人总是很多，到了一个村庄。沿着走访的路线，由居民组成的厚厚的人墙。从来没有过的热烈欢迎场面，就像奥里亚克的蓬皮杜[①]。

走进两三家院子。客厅。介绍农民画家同志。茶。

概括地介绍农民绘画爱好者的活动。致欢迎词（第一次见到有人念在一个本子上提前准备好的欢迎词）。距离西安 40 公里。该县有 24 个人民公社，40 万人口。棉花，小麦，稻米，玉米。

解放前，在地主的压迫下，生活很苦。解放后：满怀热情走在集体主义大道上。[有一个人用一台陈旧的照相机为我们拍照。] 我们批判了刘少奇和林彪的修正主义路线。

---

① 奥里亚克（Aurillac），是康塔尔省（Cantal）的首府，乔治·蓬皮杜（Georges Pompidou）先是那里的议员，后来成为法兰西共和国总统（1969—1974）。

党的基本路线是以大寨为榜样：农业生产力的不断提高。

[墙上，有几幅农民画家的绘画。]

142 一些生产数字[还没有谈到绘画]。可不是！这不就来了吗！在文化上的解放。贫下中农：有了物质与精神财富。1958年，大跃进，出现了许多墙画。农民歌颂党，歌颂毛主席和社会主义教育运动。

自出现这些绘画，党给予了极大重视。于是，县里组织了绘画爱好者的学习班，进行无产阶级艺术创作，为的是政治教育。[①] 1958—1974年，绘画爱好者在增多，达到了500名。[沙发椅上罩着粉红色和绿色的柔软布罩。]→展示[屋顶：柳木与竹编席。]

[大量的砖块。越是说到文化，就越是砖块。]

公社历史上达到1.2万个绘画爱好者等，有106本选集（汇编）。

“文化大革命”中，有8 700幅绘画批判刘少奇和林彪的修正主义路线，参与“批林批孔”。农民画家都很好地学习了马克思列宁主义（“克己复礼”!）。绘画爱好者们很好

---

① 户县的村庄，在“文化大革命”中因其村民们的幼稚绘画而闻名遐迩，该村成了反对资产阶级学院派艺术的人民大众创造性艺术的楷模。

地批判了天意理论和“地主总是聪明的，大众总是愚蠢的”理论，他们通过实践而成了画家。

根据生产大队的情况，这项工作有了进展，但是美术水平是不等的。某些大队［我看是运气不佳！］没有绘画爱好者。我们为加强无产阶级专政而工作……

参观画展。

［说什么好呢?］纯粹的现实主义。一切都在连续之中。无任何东西是无连续性的。即便是一幅肖像（一位坐着的书记）都是在阅读，都是在学习（该画的作者在现场，他说，这位书记在阅读《反杜林论》[①]，不过，这位作者面相英俊、头脑机灵）。

［他总是有一股很强的口臭。］ 143

主题：集体听广播，在农田灌溉时（就是现时的田野）阅读大字报，妇女们在田地里锄草，在春天翻耕。（其意愿：为了获得好收成，每时每刻都在劳动。）

［天真的中国中心论：您要知道，在我们那里，正是燕子报春时节。］

---

① 恩格斯：《反杜林论》（*Anti-Dühring*）（1878）。

所用材料：绘画用的传统材料（水彩？水墨?）。

[人们长时间给我们看的绘画，都是最精心加工的、最平淡无奇的，也是最缺乏天真的。] [因为在那幅低劣绘画之下，是一幅描绘收割场面的画，这幅画画得更细腻，有线条和更为天真的空间安排。(是同一位妇女画的，但时间早一些。)]

总之，分两种类型：1）庸俗的现实主义，感人时刻的场面[①]（这便是招贴画的风格）。2）更为天真的全景表现，是更为杜阿尼耶·卢梭式[②]的，或是众人欢悦的。

主题：拖拉机开进田里，肉铺里有存肉（完全不可思议!），由一位老年人教一位年轻人编筐，木质马车，一位俊俏的姑娘为一位白胡子老头送来草药，幼儿们的集体舞，在大山的夜里修复电话线。

[当然也有令人难以置信的好绘画，这是不可否认的。]

这些绘画中的图案都带有边线，也就是说，有图，有颜色。

[当然，这是感人的，是真正感人的。]

---

① 见 129 页注 30（即本书 175 页注②）。

② 杜阿尼耶·卢梭（Douanier Rousseau，1840—1910），法国画家，其作品多为全景式绘画。——译者注

人物总是微笑着，脸上红彤彤的，或者是粉红色的。

有某种众人癫狂的成分。

我们看到——而且这一点是重要的——有许多场面都是半军事化的。

有几幅用铅笔画的肖像，是最差的。蒙马特高地[①]。 144

总之，他们是一些绘图高手。革命与绘画之间的密切联系（指涉性幻觉*）。多出的部分被简化为颜色（也就是不引起冲动的颜色，颜色以近似为准）。

院子里：天气很好，有两棵小棕树。

16 点 30 分，回到会客厅。

所在地点：户县。

[为我们做介绍的人，实际上都是县里、公社里的干部，或者是干部的人。]

[我没有去记全部的对话，因为对话中没什么新东西，

---

① 蒙马特高地（Butte Montmartre）：位于巴黎第 18 区，巴黎公社的最后战斗就发生在这里。译者猜想，此处很可能是指作者联想到该高地圣心教堂旁边各类画家云集的“泰尔特广场”（Placede Tertre）上的绘画水平。——译者注

* 边线和线条（清晰可见）的重要性（有待发掘）。

所期待的回答是必然的。]

17 点 30 分。时间太长！（就像旅途中那样）。

告别时刻，发放画片、卡片等。

很可笑：我们的汽车在向前开时，侧门却打开了；拥挤的人群，排着队，形成一个四边形方阵，他们在等我们，并向我们鼓掌。

我与朱丽娅一块儿回到车里，而向导会说俄语。田野和阳光是美丽的、温馨的，世界充满绿色与温柔。

[在最后的时刻为俗套言语活动说几句好话：俗套言语活动为说话主体提供自如、安全、不出错误和尊严，而说话人在这种情况下（当着“群众”）变成了无侵占之嫌的主体。因为在这种情况下，这种言语活动不占据任何他人的位置，它等于是一种非言语活动，它允许主体说话。与此
145 不同的，便是知识分子的情况，因为他必须放弃先前的言语活动。]

[我被剥夺的东西：咖啡，生菜沙拉，调情。]

晚上：非常疲倦和无力。感受：我烦透了（包括我们

之间的会话)。我的西装刮破了，很严重，得不到及时修补，也无法去商店买新的，我们只能在旅馆前面的林荫大道上走一小圈：夜色很美，弯月很细，很多人都非常放松，不少人在昏暗的小路上做体操，夜里，这是完全个人的小天地。

4月26日，星期五
西安

还是被吵醒了，我很早就起床了。

外面，灰蒙蒙的。远处的平地上，有一些年轻人在锻炼。

[各种能指：字体，体操，食物，衣服。]

[特定能指：实际上，是我所喜欢的一切，而且只有我所喜欢的一切。]

早饭：我们起草向可能见到的北京大学的教师们提出的问题。

今天上午（为什么呢?），我们由那位昨天访问农民画家时和我们在一起的小个子女翻译陪同（为什么呢?），她说一口很流利的英语和西班牙语。

棉纺厂　中国西北第四棉纺厂 146

台阶（三位负责接待的人，其中一位是妇女），挂着蓝色帘幕的会客厅，五幅灰黑色肖像。茶是由一位上岁数的男人给斟的（显然因为这是一个妇女工厂）。

以革命委员会的名义致欢迎词。

概况。1954 年：锭子 13 万只；纺织机 3 240 台。[墙上，是布匹的样块。] 设备都是中国设计和加工的。棉线，每天加工 6 500 公斤，每日 34 万米线。

人员：6 380 人，妇女占 58%。毛主席的路线和党的领导→由国家制订计划。

工人们的日常生活。住房。单身宿舍。食堂。医疗保证：每个车间＋诊所＋医院就在附近。妇女都得到帮助（产假），托儿所，幼儿园。

第十次党代会路线，“批林批孔”在我们工厂的发展。批判反革命的罪行，批判孔子的错误言论，批判林彪。[1] 明

① 中国共产党第十次全国代表大会召开于 1973 年 8 月 24 日到 28 日。

显的重大发展。但是，仍有不足之处：与发达［兄弟］* 国家的纺织工厂的差距。因此，指出了不足。

参观计划。

生产：

选料，厂房，大捆大捆的棉花，散发着面粉的气味，天气比较热。

大型绿色机器，吸着成片的棉絮，再从很远处出来时，变成了密实的棉絮轴。

147 墙上，是红色的毛泽东的诗词（用白色棉花衬托着）。

很大的厂房。用数不清的机器纺织很粗的棉线。

这一切都是干净的，充满噪音的，轻微的纺棉雾气，涂着绿漆的机器。红色图表。

另外的机器：从棉花上抽线缠在锭子上。

噪音变得很大，相互之间说话听不清楚。

又一个很大的厂房，有着相同的机器。

真正繁忙的人群。女工们手工操作非常敏捷。那些坐着的（坐在滑车上的）女工是怀孕女工（让人想到萨德的描写）。

---

* 这里，被赵向导改为“姐妹企业”。

双线和三线合股。

鼓风机开动着，风在线的上方旋转着。

上胶车间。散发着胶味，也就是说气味难闻。

最后，是织布车间：噪音极大，难以忍受。

半明半暗的车间。检查布匹：布匹通过下面有灯光照射的一个粗糙的平面。

床单包装。

幼儿园。

在院子里跳着小集体舞。男孩和女孩都戴着白色围巾。

能指：（在表现西藏的舞蹈中的）手。

小宿舍。

懂西班牙语和英语的女翻译越来越像是带有牛津口音。

［天色发灰，但很宜人。］

图 28

在这里，也还是女孩主导着，她们在游戏中站在长队 148

的前面。

另一个能指：孩子们。

在充满阳光的院子里，一个接一个的集体游戏。游戏中都少不了小小的红旗。

参观（模范）家庭。

室内，比我们已经看过的家庭布置得要好，非常干净，钩织的罩布，收音机，打字机。毛泽东（在其办公桌前的）新奇照片。

父亲与母亲＋四个孩子。墙上的椭圆形画框非常令人失望。父亲是机器修理工，母亲是退休工人。

在房间里，端上茶。另一个房间的深处，我们瞥见了几本书，镜子。在墙上有彩色石印挂历。工资：他 80 元，她 40 元。墙上：南京长江大桥。所有的工资都交给母亲，由她根据需要再作安排。

住房，电费：每月 4 元（两个卧室＋一个厨房）。

墙上，也还有一幅旧的上面带有花卉和诗的木刻画。收音机上面有一盏（难看的）电灯。当然，还有外皮有花卉的暖瓶！

他：喜欢诗歌，但却不懂诗，因为在解放前，他是文盲（笑了）。妇女，50岁退休；男人，60岁退休。

（她在某方面有点像是马格丽特·杜拉斯[①]）。她负责家务，并参加政治活动（读报）。 149

（越来越狂热。）

他：爱说话，但什么都说不出，他躲避和掩盖具体问题，像是耶稣会教士和诺曼底人。

在收音机上面，有一张彩色的绘画爱好者的照片：母亲在那里坐着。

老头开始把他的砖块连续托出。

[在这些参观中，通常是当地或旅行社的陪同人员作记录。也许，这似乎就是他们当前作为研究的形式和社会调查的方式。]

家长应该向孩子们讲述过去的痛苦。

可以提供林彪错误路线的一个具体（老人实践中的）例证吗？——比如在安排知识青年下乡问题上。[一直在对开头的话作修辞学上的加工。] 然而，林彪却说，这是强迫劳动。可是，他有两个孩子在农村，他注意到，这会产生

---

① 马格丽特·杜拉斯（Marguerite Duras，1914—1996），20世纪法国女作家，其代表作为《情人》（*L'Amant*），曾获1984年龚古尔奖（Prix Goncourt）。

巨大变化。例如，从前，孩子们不懂什么是贫农与地主之间的激烈斗争，现在他们懂了，在社会主义社会里，存在着阶级斗争［出色地安排准备回答的砖块］。他从 1949 年就是中国共产党党员，而她是三年后入的党。自从毛主席来了，她过上了幸福生活。她开始说话：关于万恶的旧社会的关键词（缠脚，不是天天有饭吃）！她在旧时代度过的童年是怎样的呢？个人经历，每天工作 12 个小时，曾经被老板拳打脚踢，因此，她的家庭对于毛主席充满无限的热爱。

砖块："毛主席指引的革命路线。"

冶金宪章，有五点（我来历数一下）：两种参与，一种

150 改革，三方结合（"三结合"）。

林彪：主张物质刺激和专家治厂。

［在这里，出现了与我的富有魅力的老敌人的对立：俗套＝龙。］

出来（天气晴朗）。由孩子们组成的厚而密实的围墙。他们向我们鼓掌。（工厂花园中）林彪的漫画：他的头顶，

被画成不像中国人，却像是安德列·纪德[①]。

11 点 45 分。参观结束。

[处于上升阶段的群体，吕德的《马赛女人》。我们称这种情况为 α 形象——可笑的小对象 α[②]。]

[党的一位老干部表现出的敏感：这意味着他很会安排和很会采用砖块——但是他却不对其材料作任何的发明。]

[我们：我们可结合的成分是单词；他们，却是高高在上的有形东西：砖块。]

下午：华清池温泉。[③]

平坦而绿油油的田野（天气晴朗），乘了 50 分钟汽车。在一处山脚下，红色的塔楼，台阶……

---

① 安德列·纪德（André Gide，1869—1951），法国作家，主要作品为《伪币制造者》（*Les Faux-Monayeurs*）。——译者注

② “小对象 α”，在 70 年代非常流行，指的是拉康命名的作为缺位的欲望对象。

③ 华清池为一古代温泉。

会客厅里充满香味，绿色窗帘，有点昏暗，很大的书法条幅。茶。

151 向法国朋友致欢迎词。关于温泉的概况。距离西安 25 公里——2800 年。

温泉因 1936 年（12 月 12 日）“西安事变”而为人所知。日本帝国主义占领了三个省，想向中国其他地方推进。为了有能力抗击侵略，毛主席和中国共产党曾号召全中国人民团结一致坚决抵抗。人民大众进行抵抗。有两支国民党军队响应了号召：抵抗，不打内战，他们要求蒋介石放弃打内战。这一要求被蒋介石拒绝了，他亲自指挥进攻红军。但是那两支军队联合起来进行抵制。1936 年 12 月 12 日，蒋介石被抓了起来。

这个事件发生之后，毛主席和中国共产党决定和平解决这一问题。12 月 16 日，周恩来率领一个中国共产党代表团来到西安。团结一致抗击日本。[①]

---

① 从 1930 年起，日本侵占了满洲里，并开始蚕食中国的领土。中国共产党号召团结一致对外，但蒋介石想先消灭共产党，然后再抵抗日本，这便激起了中国人的民族情绪。1936 年 12 月 12 日蒋介石被他的一位将军即年轻的“军阀”张学良所抓，张曾与他的东北军一起撤退到这里。但是，在国民党的压力之下，一些交易却导致张释放了蒋介石，也中止了与共产党的对立。几个月之后，“西安事变”最终导致共产党与国民党建立起联合抵抗日本的统一战线。

[总是有一个人负责表示欢迎，另一个人负责介绍概况。]

赞扬和平解决。

水很好：可以治疗皮肤病、感冒、胃病。

外面。几处小的亭子。大的脏水塘。一些参观者，一群小红卫兵。山丘是绿色的。垂柳依依。不，水不是脏的：上面有垂柳的柳絮。

围着水塘，一条圆形的小路，可以从一个亭子走到另一个亭子。这一切都处在阳光之下，柔和、缥缈、迷人。

花园。年轻的男演员们化着浓妆，在等什么呢?

许多人惊愕地看着我们。

在山里，人们看得到蒋介石被抓的亭子。 152

人们都在一组一组地照相。

天气晴朗，也热。

一处拱门下有一个小水池，这便是泉水源头。白色的山楂树随坡向上长着。

蒋介石住过的房子。

在塔的一处宽大的遮雨板下面，是一幅很大的红色的毛泽东的书法。

在花园里，艺术团在临时搭起的大众舞台上演出。“批林批孔”的节目。

我们在前面席地而坐。

这是一个“宣传队”。

[赭石色的化妆底色很厚，小伙子们也像姑娘们那样，在眼睛上格外描画。]

[我完全处在太阳照射之下，很热。]

女生舞蹈，她们都微笑着——她们以全部的装扮微笑着：她们是一些收割者，她们在学大寨。

笛子独奏。农民踊跃向国家献粮食。

草原上的快乐歌声［很“明显”］。

“批林批孔”歌曲。四个姑娘坐在小板凳上。她们中的一个发言：她们是在纳鞋底（?），但在空闲时她们搞批判（她们做出纳鞋底的动作）。一个姑娘非常愤怒地批判林彪（“批林批孔”的所有主题都过了一遍）。演出场面被音乐所割断。

有一些人（特别是孩子们）表现出疯狂的热情。

我要求去厕所。那里，有三个人正在一起撒尿。他们没有急迫的表情。

人们让我们泡个澡。有人让我到皇帝用过的澡盆去洗。 153
可是到头来那个澡盆却在维修。普通的澡盆，就是一个很大的池子，里面有一股热度为 43 度的喷柱，水有点儿咸，有两条短毛巾，一把梳子。我们这一行人都在旁边的几个房间里洗澡。

[总之，毛泽东：是一位语言奠基者（logothète）[①]。语言奠基者在取代立法者（nomothète）。]

回到会客厅，茶，昏暗。其他人，被这种优待所感动，盛赞这次热水澡。

秦始皇的坟墓，他是立法的皇帝，索莱尔斯很喜欢他（相对于毛泽东而言）。温泉的主任作介绍。那个开始变得平缓的山丘（坟墓），独自立于麦子已经长得很高的广阔麦田之中，像个高而狭窄的墓碑那样矗立着。

---

① 根据词源学，logothète 就是“语言奠基者”之意：萨德、傅立叶、罗犹拉，都是“语言奠基者”（《萨德·傅立叶·罗犹拉》，*Sade*，*Fourier*，*Loyola*，《全集》第三卷，701 页）。相反，nomothète 就是“立法者”（在古希腊，该词指立法议会的所有成员）。

他是统一中国的第一位皇帝。

田野非常广阔，已是17点，天气晴朗，远处有山，也传来喊声。

这位皇帝：是当时正处于上升阶段的地主阶级的代表（公元前247年）。

其他人爬上了高地。我独自留下，坐在了高出麦田的一块果园的土地上，面前视野开阔，轻盈、绿油油的。几处尘土覆盖的红褐色砖块垒起的房子，远处传来音乐声。浅棕色的田地里泛起麦浪。这里，那里，远处，树木。一辆看不到的摩托车的声音。

乘车穿过美丽的田野与瓦尔一起返回，路上行人不多。

154 ［在16岁的时候，男孩子们都非常英俊。随后，便不是了。（有性感的嘴巴。）］

晚上：由省歌舞团演出芭蕾舞《白毛女》。

剧院，是一处高大的塔式楼房。大众性的。一位戴着白色头巾的老年农村妇女。演出大厅还没有坐满。人们都有点烦躁了。

为了不与其他人混合，人们总是故意让我们掐着点到达，汽车甚至直接开到台阶下面，我们像是偷偷摸摸地（尽管被观众盯着）很快地在第一排坐下。

乐池里有一个很大的乐队，合唱演员集中在一起（俄罗斯式端庄的男声合唱）。开始，演奏了一阵韦伯①的乐曲，其余的是柴可夫斯基的乐曲。瓦尔坚持说，这是一出《若斯兰》②。我补充说，音乐是依据柴可夫斯基的乐曲而编，舞蹈却像是依据《吉赛尔或维利斯人》而编。有许多地方是非常出色的，但他们只能达到这种水平。我总是想方设法坐在一行的某一头，为的是靠近一位中国男人（这一位，太像是劳动者，他微笑着，并与我保持距离）。

女舞蹈演员们：太漂亮了，不像西方女舞蹈演员那么强壮。

---

① 韦伯（Carl Maria Von Weber，1786—1826），德国古典作曲家。——译者注

② 《白毛女》作为杰出的革命芭蕾舞，表现的是一个少女在其父亲因拒绝把女儿嫁给老地主而被活活打死后，逃进深山的一个山洞里的故事。《若斯兰》（*Jocelyn*）是一首 8 000 行的诗歌，它应该是一部浩瀚的人类史诗的最后一节。在这首诗中，拉马丁（Alphonsede Lamartine）歌颂了伟大的牺牲精神。诗中，若斯兰借在神学院修业之际逃离了恐怖，躲进了多菲内山（Dauphiné）的一个山洞里。他在山洞里收留了一位因受伤而死的流放者的儿子——实际上是女儿。他便喜欢上了她。可是，他必须从事司祭的工作，而放弃这种纯真的爱。

由于女主人公必须变老，便更换了舞蹈演员，她在中间非常敏捷，假发也有波浪。

幕间休息：人们让我们通过乐队的侧门躲进一个客厅里。茶。毛泽东的漂亮照片。金色的书法。返回座位的时候，大厅里一半的观众站起来看我们。

第二部分（胜利的红色政权主题），过于温柔。积极的东西总是向不好的方面转化。

第三本日记

4月27日，星期六

失眠。偏头疼。我6点钟起的床。 159

我们拿出自己的行李。

[总之，两个问题：

1）审查和压抑能指。是取消文本而让位于言语活动吗？

这个问题关系到提问的方式：在法国，什么样的革命形式是可以考虑的呢？因为在法国，言语活动游戏是不同的，是特定的。

2）权力的存在方式、性质和场所。这个问题是经典的，它涉及马克思主义的内在分歧：斯大林主义/托洛茨基主义/左派。]

这时，天气非常灰暗和漆黑，雾气蒙蒙。

咖啡绝对没有咖啡的味道，只能说是徒有其表——是那样的清亮，以至我们怀疑是茶。但是，加上一点牛奶，就模糊地让人产生了牛奶咖啡的幻觉，而这便足矣。

——我们的护照呢？——没有问题。下午，或是到北京！

下雨了，滴滴答答。

160 在省博物馆。雨伞，花园，楼阁，亭子，寺庙式的门。

两位妇女在等我们。

瞧！竟然没有欢迎客厅。

博物馆

展厅：五朝历史。潮湿气味。奴隶制度和封建社会。一些绘画。尘封的青铜器。这种情况使人非常厌倦。但是，外面的细雨中，花园迷人，绿叶葱葱，间有碑石，红柱子支撑的寺庙建筑物，松鼠，玫瑰——这种场所更像是法国式的，而不是日本式的。像龙舌兰的灌木丛（在于尔特[1]有

---

① 于尔特（Urt）：罗兰·巴尔特在巴约纳市附近农村的住房所在地。

这种植物)。

[大家小声地谈论着飞机问题(延安方向有风)。天气太阴郁了,让人厌烦!]

我们艰难地来到青铜器馆。

[我们的女向导爱钻研历史,就像她大胆地评论橱窗里展品的发展那样,难道我们就不能来谈谈一种马克思主义的幻想吗?]

两位农民,穿着粗布上衣,脑袋完全谢顶,肩上搭着褡裢,带着长长的烟袋锅。

老百姓进入博物馆,去看表演,给人印象是深刻的。

[能指:比审查更甚者,是说出"silenciment①"。]

[请安静。]

---

① 翻译错误地使用了一个不存在的词"silenciment"来表达"silence"("安静")之意。——译者注

161 另一个展厅（=唐朝），（让人看上去）也是很长的，有更多的“复制”绘画，苏联风格（其中人物难以让人相信是中国人）。那是劳伦斯[①]的历史绘画风格。

[其余，所有的公众展示——广告牌、招贴画——介绍的都是欧洲化和男性化的形态。与中国人的身体没有任何关系。]

器物越来越靠近，越来越人性。陶瓷制品，丝绸制品，彩绘小塑像，玉制品，银器杯等。

蓝色与红色相间的美丽壁画，但是，这幅壁画却覆盖上了一层厨房用的塑料。

在一个比较冷的客厅里休息。下雨了。讨论：由于延安那边的气候条件很坏，几乎既不能降落，也不能从那里及时去参加五一节，我们是否应该明天直接去北京呢？

分发徽章：图案是唐朝的马。

① 这里指的是让-彼埃尔·劳伦斯（Jean-Pierre Laurens，1838—1921），他是历史场面画家。

又开始参观。石雕展厅。动物（从汉朝到唐朝）。在展厅的尽头，有一些菩萨：最终，按说是掩盖着的身体也显露出来了。

在这个展厅，我们与索莱尔斯赞美有加地谈起了梅尔维尔[①]。

终于到了最后的展厅：碑林。是对于刻在石碑上的书法的汇集。

石碑记载了聂斯脱利派（Nestorien）进入的时间（6世纪，唐朝初期）。对于历代皇帝的颂词，故事，生平：大多数是儒家的。

“我们可以从反面受到教育。”

[甚至只是通过否定来创作艺术。] 162

毛泽东：草书风格，怀素（和尚）风格。

---

① 梅尔维尔（Herman Melville，1819—1891），美国作家和诗人。1841年，他搭乘一艘捕鲸船到了太平洋，进入了一些岛屿之中。他于1844年返回美国波士顿，写作和发表了两部探险小说《泰皮》（*Taipei*）和《欧穆》（*Omoo*），受到了读者的欢迎。——译者注

对于我来说，这个博物馆属于一种致命的烦恼。

在一块很大的黑色石碑上，刻有一幅很大的孔子雕像，他留着胡子，神态如醉如痴。

另一块石碑刻有一棵芦苇，其叶片是一些汉字。

最后的展厅：儒家石碑。13本古典书籍。某些汉字的方框周围有白色粉笔的线条：“克己复礼”。

[实际上，那是一些连续的大字报。]

在一处石碑上，是一些卦文。最初，卦与气候即天气有关系。随后，皇帝们把卦当成宗教的一部分，用来欺骗百姓。

11点30分，从博物馆出来，雨停了，天气灰蒙蒙的，风冷飕飕的。

[第一个问题：能指的减弱、变少（与宗教上的禁令有关系）＝这是我们这次旅行的水平。

至于第二个（政治方面的）问题，完全模糊——大概是可以根据资料得到处理，而无需来到这里。]

能指：不需要包装。在这里，能指接近所指。

12点，我们的行李重新放回了房间，我们不去延安了。

在这儿，很明显女孩子太多，她们到处都是。 163

似乎，有人向我们要明天早晨去北京的飞机票（延安似乎是取消了）（延安那边风很大）。

下　午

天气还算是晴朗的。

八路军办事处

旧房子，却很干净。会客厅，茶，接待。她，手是柔软的。他是老八路军战士。致欢迎词。［会客厅是石头砌的，什么都没有。毛泽东的肖像和另外四位领袖的肖像。］

是那位有着柔软的手的妇女在作简单介绍。这是中国共产党在国民党统治区创立的一个机构。1936 年，在“西安事变”和平解决之后，我们党建立了这个办事处，为的是组织人民群众参加抗战。1937 年，国民党与共产党之间的合作→红军→八路军（1937 年 9 月）。招募爱国进步青年，把他们送到延安[①]。为前线和后方（延安）购买物资。[关于斗争的砖块。] 随后，内战。办事处于 1946 年搬到延安。我们的办事处在国民党统治地区战斗了 9 年。

参观。

办事处的接待室。成千上万的年轻人被招募：1938 年：1 万人 [房间很小，没有任何东西]。当时，这个房间里堆满了报纸和书籍。去延安的路线图挂在墙上：400 公里，但中途有许多国民党的封锁。完全徒步行走，
164 有时也乘卡车。在延安，进入技术学院。也有一所女子大学。

另外一个房间：修理车间。一部旧轿车的照片（是为党的代表安排的），是福特车吗？车辆当时是被禁止的。

另一幅照片：办事处的卡车，上面有两个人。

[房子是棕色木质房子，柳席封顶，院子里有几棵树，白墙，黑砖。]

---

① 1935 年长征结束之后，延安成了共产党人的首府，延安位于主要是由陕北的共产党人建立的根据地之内，并成为夺取政权的出发点。根据共产党与国民党达成的建立反对日本占领者的“统一阵线”的协议，红军于 1937 年改编成了第八路军。

会客厅。办事处负责人与国民党会谈的地方。周恩来满脸胡须的照片（1935）[①]。

旁边，是周恩来的卧室（他的几本马克思主义书籍）。孙中山的画像。另一个厅：办事处的办公室和会议室。

毛泽东的文章。老式电话。毛泽东的画像，年轻，宽大的上装，缀有红星的带檐帽子。

地下室：在一个洞里，有无线电台。

院子里，有一个小房间。

厨房（被国民党封了）。

院子里，井水是苦涩的。

还有几个小院子，没有照明。[②]

装有大型模型的展厅。现在的房子：在一个镇上＝天才“村”[*][③]（在与国民党合作期间，由办事处占用）。主题是：国民党在监视（秘密人员和观察站）。

等等。（我烦了。）

---

① 在“西安事变”之时和两党达成协议之前，周恩来在与国民党的谈判当中，扮演着积极的角色。不过，共产党与国民党之间的“统一阵线”并非没有斗争，到1941年之前，蒋介石一直对于延安根据地和其他根据地进行着封锁。

② 原文句子不完整。

* 实际上是一处孤立的地方。

③ 推测性解读。

照片：毛泽东与周恩来。毛泽东的头发很长。

有好几张毛泽东当时的照片。

[这一切都是因为照片才使人感兴趣。]

165 返回会客厅。休息。

向老同志提问题：我们提了三个问题：1）那个时候，林彪是怎样的？他是“毛主席最亲密的战友”吗？——实际上，他是在毛泽东领导下的指挥员。此外，他犯过军事错误，被毛主席纠正了过来。[老同志最终以“两面派”和“暴露过程和认识过程”* 这样的砖块避开了索莱尔斯的挑衅性话语。]

[漂亮的双面砖块。]

[他是一位真正的苏格拉底式人物。请参阅苏格拉底的砖块。]

[老同志是特殊地砖块化的。]

2）有苏联的帮助吗？——当然，斯大林帮助过，经济援助，以及苏联人民的精神帮助。

3）资金是从哪儿来的呢？来自于延安，在延安，人民

---

* 这是两种不同的砖块，因为我们可以找到这一种，而找不到另一种——但是如果没有这一种也不会有另一种：简单蕴涵。

群众既战斗又生产。

农民们交粮纳税。工业，对外贸易（与国民党!）：食盐，药品。养牲畜，纺线。

与斯大林的分裂，是在斯大林不肯与国民党分手的时候（牢固的外交关系），国民党的路线是：主动攻击中国共产党，消极抵抗日本人。国民党与中国共产党之间的正式破裂：1943年。但是，在此之前，有过多次的破裂。[①]

这位老同志：领导过办事处的一小组干部，打过仗，也参加过长征。

参观结束。

在长城上休息 166

西安。为了以后想起来：城里的警察穿着沙皇军官的制服（白色上衣，大檐帽，皮带）。很像《战舰波将金号》[②]上的服装。

---

① 公开的内战正式开始于1946年，但是在此之前已经有过多次的武装摩擦。

② 爱森斯坦的电影（1925）反映了1905年沙皇时代波将金号铁甲巡洋舰（Cuirassé Potemkine）上的水兵在敖德赛起义的场面。

长城（在城里的一段）：除了照相这种同语重复式的[*]兴趣之外，没有任何其他兴趣！围观我们的人越来越多。

小雁塔

我们停了下来，但只能从外面看（“可以拍照”），因为内部“在维修”。

一些少先队员向我们鼓掌。总是这一套！

天气还好，有风。

16点45分，回到旅馆。人们告诉我们，今天晚上去北京，因为明天没有机票，而周一没有飞机！

17点，我们还不肯定能出发（行李又重新整理过）！多么混乱！难以解释。

我们在瓦尔的房间等待。

17点15分。去北京的飞机取消了（风太大！），人们

---

* 更可以说是：自指式的。“自指”指的是对于在话语中把自己当作符号的一个单词的使用（或陈述）（例如“猫”有四只脚）。罗兰·巴尔特把这种自反性用在了照相方面。

把我们的行李重新放回房间！如果条件允许，飞机将在明天上午起飞！陷入困境的感觉，烦恼不散。在我房间里，大家都喝了点白酒。我们仍旧放心不下，相互询问着。为了安慰自己，我买了一支雪茄。

他们把砖块（借助排列，堆放）垒得像是一些表意 167
文字。

去餐厅！我们自己去的，没有告诉翻译。成功的躲避：厨师在街上等我们，随后赶快领着我们猫着腰、微笑着从后面进入了一个厅里（倒霉！这里像是一个整理过的修理间）。

饭菜美味可口（糖醋鱼，蔬菜与肉混炒的菜，有一股玉米和虾的细腻味道）。我们喝了一点茅台酒[1]。

从餐厅出来：人们一下子又围拢过来，厨师陪着我们，并很权威地把不肯散去的人群分开。

到达剧院。相同的场景：小汽车一直开到台阶的边上。我们快步走到座位上，整个大厅里的人都看着我们。

观众，比我们已经看到的更平民化。士兵，穿羊羔皮

---

① 以高粱为原料酿造的白酒。

衣服的当地人，带孩子的妇女，老年妇女。

上演《杜鹃山》：类似于一种英雄喜剧，对话夸张，边舞边唱，杂技装束。其意义是歌颂与严重错误倾向作斗争的思想正确的党。乐队是传统的。

总是过分化妆：粉红赭石色为底色，留出耳朵为白色。血红色：是好人。坏人是灰白色的、黑色的和穿长袍的（地主）。

说话是阴阳怪气的日本声调。发声和杂技动作（在运动中即战斗中的舞台上，他们都是天才的杂技演员）都是（陕西）省特有的：这一点非常美。有点沙哑和略带悲调的
168 发声，像是阿拉伯语，也像是弗拉门戈语[①]。那位胖胖的演员因其装饰音的强度、果断和把握得当而获得掌声（就像一位阿拉伯歌唱家）。

场景生气勃勃——形象 α[②]。

主人公，还是一位妇女（她是中国共产党党员）。

动作都是过分编码的，伴有檀板和打击乐器。（参阅波

---

① 弗拉门戈语（Flamenco）：指西班牙南部吉卜赛人和安达卢尼亚人的语言和音乐。——译者注

② 见第二本日记，原书第 150 页注释（即中文版 209 页注释②）。

德莱尔的夸张手法[1]。）

演员们的嗓音都是没有生气的。

那位胖演员的演出到位，就像古希腊悲剧。

离场时，也是不可思议的：全场都站立了起来，形成了人做的篱笆，向我们鼓掌。我们的汽车周围都是人。

国王般的旅行。

整个旅行：躲在语言与旅行社这两层橱窗之后。

人民群众是可爱的。

---

① 罗兰·巴尔特多次引用波德莱尔有关德拉克鲁瓦（Delacroix）的话："动作在生活的重大场合中的夸张真实"（《审美好奇心》，*Curiositéesthétique*）。这种表达方式成了《在进行夏开兰摔跤的世界》（«Lemondeoù l'oncatche»）一文的卷首题词（《神话》，«*Mythologies*»），并再次出现在《罗兰·巴尔特自述》（*Roland Barthes par Roland Barthes*）中（《神力》，«Lenumen»，《全集》第四卷，709页）。

4月28日，星期天
西安—北京

尽管服用了普莱内给的安眠药，我还是没有睡好，很早就醒了。天色灰蒙蒙的，没有流动的浮云。我们今天早晨去北京吗？现在是7点钟。

天大亮了，非常明快而温和。飞机场空荡无人，但小飞机（双引擎）上人都满了（伊尔24）。（人们都带着大檐帽，军人。）

8点，起飞。下面，农田，绿油油田野，栅栏。

169 糖块，香烟，火柴，茶。下面，农田，原野，似乎是丘陵地带。

中国：灰褐色与淡绿色。

进入了山区，河流干枯，在加深和分割着高地。

9点10分。又变成了平地。灰褐色的栅栏，绿色点点，天气晴朗。在太原降落，短暂停留。

我们走下飞机。阳光明媚，空气非常纯净、芬芳，简直就像是一杯清茶。

新的小机场，非常干净，会客厅，茶。

他们都在购买小瓶的（高粱）酸醋，供烹调用，这是当地的特产。

我们重新起飞。下面，景致像是在绘画中那样被分割成一块一块的。后来，这一切又变得完全平整了。

我们每人得到两个苹果，都细心地转着圆圈剥皮：刀子不动，只是苹果在转动。

11点30分，我们在北京着陆。

北　京

天气很好，很热。两封妈妈的信，但都是很久前发来的。

民族饭店，比起第一次的逗留，房间更舒适，饭菜也更好。

回到首都，总体感觉是得到安慰。（不过，置身迷茫的空间，似乎不是特别令人高兴，没任何城市的感觉。）

在《世界报》记者阿兰·布克（Alain Bouc）的办公室里，每个人都喝到了咖啡。

法国的最新消息。

170 我烦躁不安，尽管很累，但我不能入睡，持续的失眠。

15 点，天色阴沉，我们要去商店买东西。

我们的司机与路口的警察发生了口角。司机暴怒不已，声调在抬高。另一个警察来了*。

* 显然，在这里，纷争都与汽车有关。

在城里转了一圈，城市很大，人很多，气氛活跃。

口角仍未结束：小面包车在林荫大道上已经停了5分钟。岗楼里的一个警察正在打电话。我们的向导也在岗楼里，尽力交涉，没完没了。又等了5分钟，一直没有进展。第一位警察返回来与我们的司机说话，司机这时语气平静了下来，但仍对他的合法权利被侵犯感到恼怒（不过，他大概是闯了红灯）。我们的向导回来了。我们重新出发，完全不知是怎么解决的。

（为外国人开的）友谊商店：丑陋，悲凉。买了几样东西。是套装吗？因为五一节而没有时间。

在大众商店买东西：更好，选择性很强，商品丰富，开心。上衣，带檐帽，竹编热水壶。

逛商店使我活跃了起来。我们在了解北京。最终，这是一座城市。

这次旅行具有了不同的风格，更感亲切，更富有生机，让人心情更好。

晚上：排球比赛。中国女队对伊朗女队（?）。很大的球场，干净，照明很好（1万8千座位）。许多座位空着。

171 （赵向导把护照和机票还给了我们。这一天运气不错。）

观看比赛

身体的区别性。伊朗女队：情绪暴怒≠中国女队：动作灵活而准确。我们立即看出，伊朗女队肯定要失败。

场地非常现代化，没有雾气的气味。

许多供热身用的排球，就像是雪球。

伊朗女孩喊叫，歇斯底里：你看到我了吗？中国女孩沉着，冷静。

太怪了！中国女队，各种打球方式：猛扣，或在意想不到的时候轻轻一吊，等等。伊朗队员满足于动作剧烈，勇气十足，但球路不对。

已经很晚了，看台才渐渐坐满。人们从我们面前走过。

伊朗队员，体格丰满，膀大腰圆，乳房突出！中国女孩，无性感表现。

伊朗队员在猛然摔倒的时候，总是让人看到她们的臀部，而不像中国女孩子们那样喊叫着来一个完全的转身。

我的身旁，有两个迷人的男孩子：有十四五岁吗？他们正处在变音阶段，他们嗓音各异地讨论着这场比赛（有时，在汉语声调中有某种英语的东西）。若是在过去，他们想必会得到一位官员或一位地主的喜欢。

8 点 45 分。自然，是中国女队赢了三局比赛。

随后是男队比赛。 172

中国男队：体魄类型就是平滑的。大腿很美。

[在我旁边，那两个男孩子就像两位英格兰贵族那样在说着话。]

伊朗人勇猛，中国人有点呆滞，他们会输的吧？总是母系表现！力量会战胜好的球路吗？

中国人丢了第一局。但是，现在中国人改变了打法，完全扳了回来（9∶1）。不行，他们开始气喘吁吁了，他们再一次丢了球（9∶8）。总是母系表现。

[一个法国小孩子，喊了一声他爸爸，在楼梯处做出满在行的样子，中国人露出微笑，但没有人参与。]

显然，中国男队正在输掉比赛。

4月29日，星期一
北京

还是很早地醒来了，偏头疼。外面，天色灰暗。

从离开巴黎以来，由于连续的烦恼与好奇——总之由于向外的投入，没有任何性活动——甚至智力活动。但是，在一座大城市，由于有所松弛，这些又返回来了。夜里一直在做梦（当然是梦见了巴黎）。

7点30分。我的阳台窗户下是林荫大道和北京的一块很大的空地，尘封的屋顶瓦呈棕红色。天空灰暗，但太阳在奋力冲破乌云。

与阿兰·布克一起用早餐。

9点，乘小面包车去长城和十三陵。太阳升起来了， 173
但像是蒙上了纱，天气不热。

大家都去旅行社，结算钱的事情。普莱内和我都找回了107.45法郎，我们在巴黎时寄出的是4 500法郎。我们在一处很差劲的会客厅里被接待。楼里散发出潮湿气味。没有任何当地的人。

我坐在了小面包车的前面，旁边就是司机。

[布克还是提出了问题：这次旅行的一切开销，还值得吧?]

过了几个很大、人很多的镇子，天下起了暴雨。

平坦的、绿油油的农村，公路上总是有那么多的人。

[关于I这一点[1]。以斯大林式的符号——张贴、绘画(似乎画家从未看见过一位中国男人或女人)、言语活动来审查能指。]

小面包车没有减震器，像是在深海中航行那样颠簸。

---

[1] I指的是idéologie（意识形态），还是Imaginaire（想象之物）呢?

能指：被（友谊商店）丑陋的事物所阻碍。

10 点 30 分。远处出现了山。

大家的耳朵一点儿也听不到喇叭声了。这是怎么回事呢？是对什么东西听不到了呢？

索莱尔斯关于法国、关于文学的只言片语。不断的嘲讽。

我们在山里前进。我们沿着有点倾斜的山谷向前走着，天气非常灰暗。

[唯一需要我对其有点耐心的人，肯定是索莱尔斯。]

174 他哄骗着中国人，而中国人天真的一笑又突显了他每一次回答的巧妙。

我们看到了远处（我们蜿蜒向上行走）有一段长城。

在我们的旅行中，我们很少看到花卉、开花的果树（与在日本相反），也许因为春天早来的原因。可是花卉呢？

长　城

来到长城脚下。停车场。人群。

最初的工程：在 2 500 年前的战国时期。先是：一道墙接着一道墙。秦始皇统一中国——5 000 公里。在那个时代是有效的（对付骑兵）。现在的形式：明朝。

天气灰暗，寒冷，甚至冰冷。人来人往。周围的山光秃秃的。下面，有一些开着花的果树。

重新下到平原。从一处十字路口转向明十三陵。

明　陵

这里分布有十三座陵墓。平坦和绿色的田野。远处，有山，苹果树正在开花。

在与第十三个陵墓的进口相邻的会客厅里，我们进行 175
了野餐。旅馆的纸板上写着：煎鸡蛋，火腿，鸭，点心，苹果，啤酒。天气晴朗。

所有这些景点，其特点就是非常安静。

安静：青草是嫩绿的，果园里的树木呈黄色。

这个地方令人难以置信的安静。这里的一切每时每刻都在说明着平静之义（一些城市的名称、万籁俱寂等）。

参观16世纪末到17世纪初的第十三位皇帝的陵墓[1]。松树，大门，庙亭，庙宇屋顶。窄小的阶梯。喝茶、卖地图和提供照相服务的简陋小屋。

展示陵墓中物件的简陋小屋。

由很好看的绿玉做成的扁长玉条[2]。由玉块拼接在一起的腰带。

巨大骇人的现实主义模型：压迫，农民起义，强迫交租，卖孩子。

皇后的皇冠：蓝色和缀满宝石，工艺拙劣。

花园，丁香树，牡丹。

一个很大的现代阶梯通到陵墓的深处，陵墓非常宽大，是真正的地下宫殿。

在这个陵墓中，自然有几幅苏联式现实主义的有关遭受压迫的绘画。

外面。还有一处简陋小屋。展览：农民起义，农民暴动。绘画：古代农民运动。他们高举着红旗。

---

① 即定陵（平静之陵墓），万历皇帝（1573—1620），明朝第十三位皇帝。

② 这里说的很可能是“如意”。——译者注

乘小面包车在田野里转了转。另一处陵墓（第三位皇帝），这一处皇陵还没有被发掘。① 但是，非常漂亮，也许算是我们所见到的最漂亮的空间：庙宇，松树，棕树，小院子，大门等。蓝色，红色，绿色。

15 点。天色非常阴沉。 176

非常好看的花园：花卉很多，满树开花。黄色小亭：这是烧书的地方②！

庙宇中的大会客厅：里面空空的，有几根大的木头立柱。非常漂亮。已故皇帝的精神宫殿。大柱子，棕色木质，绿色屋顶，几面墙上都有边缘是青绿色的灰黄色嵌板。

中国参观者：肃静，“看不出故作姿态”。

突然，在花园里：一种难以辨认的可怕的农药气味。或者是一种树木散发的？比如说一种梨树？

再次出发。在有动物石雕的小路上休息。我呆在了小面包车上，司机（就是早晨情绪变坏的那位）对我微笑着。

---

① 长陵，即永乐陵（“无限快乐”之意），明朝第三位皇帝朱棣（1402—1424）。

② 罗兰·巴尔特大概指的是人们在庙宇和建筑物周围看到的那些带有琉璃瓦的小建筑物，而在这些小建筑物中，人们烧供奉纸、丝绸等。有人在那里面烧过书籍吗？

他在喝了一瓶（热的）汽水之后，不自禁地连续打了三个嗝。

大约 4 点 30 分，返回。给克里斯蒂安·蒂阿尔（Christian Tual）打电话。休息。

晚上，与阿兰·布克一起用餐。就在旅馆附近，有一个很小的大众餐馆：淮扬（音译）餐馆。

客厅总是在楼上。布克要了饭菜和米酒。

油炸海螯虾，肉很软，有面粉味道。香料（百里香，也许是桂皮末），椒盐。蒜茸鳗鱼。蒸饺，是用一个很大的木蒸笼蒸的。还有其他菜肴。

餐巾很硬。

油炸馒头，很脆，很好吃。美美地抽了一支雪茄。

177 ［“批林批孔”路线：大概是有点轻率的、左派的。纠正性运动，并不猛烈，并不想转移。复杂化运动，改变了林彪只想直接和机械地应用毛主席的语录的想法。］

在旅馆里：咖啡和矿泉水。

继续讨论。

4月30日，星期二
北京

这一夜被搞乱了：妈妈的电话。消化不良。

今天早晨，我抄写了昨天的记录，外面，晴朗的天气带有美丽的晨雾。

在旅馆住的外国人的烦恼：两个法国人与我们在一起用早餐。其他外国人都挤进了旅馆的小卖部。

天气晴朗，让人感到清爽。

民族学院

教学楼都建于一处美丽的花园里（格外美丽）。进门处有一个很大的现实主义的画板：民族歌舞团。

台阶，许多人在欢迎我们，有人穿的是西装。一位老人，很突出，穿着一身得体的栗子色西装（还有一顶栗子色带檐帽），像极了阿拉贡①式的装束。

会客厅。

致欢迎词和做介绍：几位“少数民族”的人（教师与大学生）：朝鲜族，广西壮族，中国东北——那位着栗子色西装的老人，是李乌海（音译）教授，历史学家②——蒙古族，汉族*③，等等。

178 [会客厅很漂亮，安静，舒适。有不少书法，但没有肖像。在角落里，有一台立式钢琴。]

培养少数民族干部。中国：统一的多民族国家。汉族＋54 个少数民族④，党和毛主席特别重视。

[那位（穿绿色长袍和腰系金色饰带的）蒙古族人：非常突出和性感。]

---

① 阿拉贡（Louis Aragon，1897—1982），法国左派作家和诗人。——译者注

② 大概是人类学家林耀华。

* 还有回族，穆斯林。

③ 汉族是中国人数最多的民族。中国语就是“汉语”。那些不说汉语的民族被看作是少数民族。译者补注：对于中国少数民族的这种定义显然是不完全正确的，我国也有不少少数民族并没有自己的民族语言和文字，如回族等。

④ 我国最后确定的一个少数民族，为生活在云南省西双版纳傣族自治州景洪县基诺乡的基诺族，人口为 7 000 人，确定时间是 1979 年。——译者注

于1951年在北京创立（但此前在延安）。从创建以来，已培养了9 000人，筹建了5个系：1）干部进修（公社以上干部）。2）政治：基层干部和政治理论——招收从中学毕业的学生，三年制。3）语言：培养少数民族文字翻译，5种专业——蒙古语，西藏语，维吾尔语，朝鲜语，哈萨克语。学生都是中学毕业＋两年的三大斗争实践（阶级斗争，生产斗争，科学斗争）。4）艺术：三个专业——音乐，舞蹈，绘画。基础课。学生更为年轻：12至16岁。学制：三年。5）补充课程：预科。学制：二年。汉语课＋一般知识。工资与奖学金。有专门的穆斯林食堂［远处，有一阵笛声］。学院：1 400学生。学院里有52个民族。大学生是由群众推选的，政治觉悟高。团结和谐。现在：在教育中闹革命。一些不足。

参观安排。

参　观

小展室。民族分布地图。所有的少数民族＝在1957年为4 000万。占总人口的6％。黑板上有五种文字。

标准：每一个少数民族都是根据历史、文化、语言等 179

来确定的。

橱窗：55个民族的小型塑像。汉族：是一位工人，头戴鸭舌帽，手握活动扳手。

大幅苏联风格的现实主义绘画。其中人物都穿着各自的民族服装，微笑着，站在铺有地毯的台阶上。

地方产品橱窗。

风景照片。

[中国人的面孔：眼神里充满着出征决胜的信心。]

橱窗下是各式各样服装和配饰。

另一个展厅：解放前，少数民族遭受的剥削。

国民党的压迫。一个小孩子的手被地主砍断了。照片证据。各种惩罚刑具。在喇嘛的庙宇里被活埋。挖眼睛。被砍断的几只手。与蝎子关押在一起。（这一切说明，西藏在解放前是农奴制：地主的罪行。）

当作碗用的头颅，当作鼓用的人皮，当作喇叭吹的人骨。这些罪行在1959年时都被清算了，粉碎了达赖喇嘛的反革命叛乱[①]。

---

① 所谓“西藏叛乱”，发生于1959年春天，随后遭到镇压，其领导者达赖喇嘛逃亡印度。

所有的照片都是非常感人的。骑马人利用奴隶的后背做上马凳。买卖奴隶。

另外的一些画板：起义场面。革命根据地。

第三个展厅：少数民族与马克思主义。

花园。天气很好。树木光秃秃的。

去拉萨的飞机[1]：飞行 4 小时。民族性的呼唤。

参观翻译课：维吾尔语。妇女，长得有点像吉卜赛人， 180
与相貌相配的发辫上有一只很大的梳子。一个妇女戴着一只耳环。

一位褐色的小伙子，令人感动，非常专注（他待在一位军人旁边）。

另一个班，翻译课：朝鲜语。人员已上了点年纪：大字报，“批林批孔”。尤其是小伙子们。

图书馆。

一堆一堆的用各种语言和文字印刷的报纸。

阅读书桌，上面铺有白色的漆布。

所有的学生都住校。

---

① 这里是推测性解读后的表达。

花园（天气真好!)。用各少数民族文字写成的大字报。

返回客厅。分组提出问题：1）刘①和林的路线在学院里有什么样的表现？2）孔子是汉族人，对于少数民族来讲，这一点意味着什么？3）有没有无文字的文学？4）现时的探索：准确地讲是什么呢？是宗教？是唯物主义？还是妇女？等等。

1）少数民族历史学家回答："文化大革命"以前，刘：反革命路线。例如：主要与升学考试相联系的录取制度。旧的教育体制：把大多数劳动群众置于不顾，招生有限。而招收的是有钱人，贵族、喇嘛等。现在，非常不同：招收工农兵大学生。从前，只培养专家，依靠还没有改造好的知识分子。以专业知识为主：一些活佛来这里学习，还有一些反革命的喇嘛来讲授佛经等。资产阶级知识分子主导着学院。因此，不许进行无产阶级"文化大革命"。后
181 来：毛主席关于招生的教导（工农兵）。学制改革：从前，4 年或 5 年；今天，3 年。取消一些复杂的课程；学习直接

① 即刘少奇。

与实践相结合。开门办学（也就是说向工人、农民学习）。把学习与具体社会实践结合起来。考试方法的变化：不死记硬背，开卷考试，分析事物的能力。掌握知识。

大学生们回到西藏和内蒙古，很快融入牧民的生活之中。我们需要专家，但需要红色专家。——修正主义路线在我们学院的表现是什么呢？活的例证就是考试：从前，死记硬背。教师把学生视作敌人。这是从苏联抄来的考试制度。[我们在花园里奇怪地听到了号声。] 现在，实行开放式考试：学生可以把书籍带到考场。——其他的事情都是从苏联抄来的吗？是的。例如课程的分配，因为此前曾邀请了苏联专家。[从外面高音喇叭那里传来了《国际歌》。] [他们是好几个人轮流回答。] 在舞蹈流派方面的苏联修正主义表现。[天气刚才是很好的，现在有点被云遮蒙。] 音乐课：教科书，是抄袭苏联的。学生们只能创作带人文主义传统的抒情音乐。他们喜欢重大的音乐形式，崇拜贝多芬、柴可夫斯基。学生们不想了解现实，不想创作革命乐曲。简言之，交响乐取代了革命歌曲[①]——舞蹈是

---

① 对于贝多芬和经典音乐的攻击，是1974年2月至5月形成的“批林批孔”运动的主题之一。

怎样的呢？苏联的影响：大学生们只想出名，只追求利益（成为专家）。《天鹅湖》[1]：这不是我们国家的现实。戏剧≠农村地区、草原地区、山区，等等［我累了］。

182 ［起风了，带来点暴雨。］

音乐：钢琴课。在过去，上课，基础练习，贝多芬，奏鸣曲。而在这之后，却不能演奏一首革命歌曲、一首进行曲。［每个人都轮流说话，他们都很能说，路线上很坚定。］当然，有时也有一些来自外国的基础练习，但是很有限。

12点30分。没有时间提其他的问题了。不过，最后提了有关宗教的一个问题。［瓦尔说，与前面的问题相比，这个问题很有意思。我说：好了，你又说你有预见性了。］宗教：1）有信仰的自由；2）有不信仰的自由；3）宣传无神论。例如：西藏，从前，人们没有选择信仰的自由：每个家庭必须有一个孩子去当喇嘛。即便有权选择，我们不允许利用宗教进行压迫。西藏：从前是贵族制度。达赖喇嘛，属于上层阶级。西藏：宗教改革。当然，还有寺庙，

---

① 即柴可夫斯基的《天鹅湖》，它是于1877年在莫斯科博尔肖（Bolcho）剧院创作的芭蕾舞曲。

但大多数年轻人，在学习之后失去了信仰；一些喇嘛重新变成公民。

[不能打断他们!]

[在我看来，这种讨论没有意思，因为回答都是可以预见的。许多的砖块，但具有一定的水平。这一点很好地代表了北京的观点：他们都受到了“很好的教育”。]

宗教：只是上了年纪的人才参与。

年轻人已经不去了。

我们离开了（太晚了）。

索莱尔斯还在宗教上纠缠。俗套类型：强烈的愿望。

回想：钢琴教师说，从前，我们教《圣母祷告》
(*Prièred'une Vierge*)。可是，我们不先祷告的话就不能演 183
奏。因此，从唯物主义观点来看，我们放弃了这首曲子。

三个星期的旅行：很好的传播方式，强化的马克思主义的进修。

[注意：也许砖块存在于翻译之中，因为经常有时候，一个人说话很长，并且引人发笑，但经过翻译，就最后归结为一种砖块、一种所指。]

吃午饭，在旅馆：欧洲式的午饭。

下午，购物

购买拓本。

真正的满是平房的小街道，有魅力。

第二家商铺：各种瓷瓶，很贵，而且丑陋。

其他拓本商铺：购买各种式样的毛笔，购买很美的纸张。

在人民商场，寻找适合我的上衣——与朱丽娅一起买了带有两根弦的琴。

晚饭：与大使馆文化专员克里斯蒂安·蒂阿尔一起在餐馆用餐，还有两位法国留学生和法兰西航空公司的弗朗索瓦丝·莫勒女士（Françoise Moreux）。

晚饭总是非常出色的：非常干爽的肉串（羊肉），烤鸭（卷饼，很嫩的葱白），焦糖苹果馅炸糕。

两位留学生在聊天。

[无可争辩的事实是：信息的完全封闭，所有信息的完

全封闭，性政策的完全封闭。最为惊人的是，这种封闭是 184
成功的，也就是说，任何人，不论他逗留的时间长短和条件如何，都不能成功地在任何一点上突破这种封闭。特定的重要性，后果是难以估计的，我不认为是好的。任何关于中国的书籍，都只不过是外向观察的。选择性橱窗，都是万花筒式的。]

大约 9 点钟出来。楼房都被灯照亮了（为了迎接“五一节”）。人很多，天气温和，过节的气氛。我有点儿累了，便与蒂阿尔一起回到旅馆，其他人继续去看天安门。

5 月 1 日，星期三
北京

总是醒得很早，六点钟就起床了。

“五一”的早晨，气象迷人：晴朗天气的晨雾，缭绕在灰色的屋顶上。

没有比住在旅馆的外国人更丑陋难看的了：没有一个人相貌英俊或出众。商人或游客都不修边幅。他们每天在用早餐时尤其表现出不可一世、盛气凌人的样子：精神抖擞、脸面干净和大吃大喝。

[赵向导：一切都体现在商店里。对于这个在 15 年前还很贫穷的国家来说，这一点有某种令人激动的东西。他

们买东西花钱出手大方，而尤其是讲究大吃大喝、狼吞虎咽。这一点很好理解，因为他们有世界上最好的烹饪，有在结构上丰富的菜肴（即数量上翻番）、多样的主食（小麦、面条、米）。昨天，我就看到一位，带着一个装得满满的提包，正在餐厅的电梯里抽香烟。相对于无性欲表露，这难道是某种形式上的升华吗?]

在中山公园 185

我们把面包车留在了天安门广场，人很多。凭证件进入，人群，天空有云，闷热。

人群稠密起来。

在公园里，每一侧都有演出。小女孩儿们的舞蹈，她们都拿着大束黄色鲜花，装扮成快乐的女工。

电视设备。

供儿童们玩的游戏台。

供饮水用的喷水池。

服装：是蓝色和土黄色的森林。

不可能不迷路。

水兵。劳动者的手。

这里、那里，经常有由年轻人筑成的人墙来阻止散步者。

身体挨着身体。

红旗，红灯，纸花。

拿着话筒的士兵疏导着人流。

红十字会：他们都穿着白色衣服。

我们在一处露天剧场坐下。身后都是人，他们坐在绿色小马扎上。台前是粉红色帷幕。一群小孩子装扮成鸭子。儿童乐队；一位小女孩在唱歌，就像是京剧的一位名角。

小松树舞：一些小女孩拿着松树枝，身穿一条短裙。舞蹈。就我个人来看，我看不出与《白天鹅》有什么不同：动作相同，胳膊搭成圆形，传统芭蕾舞的跳动，幼稚的微笑。

化着妆的孩子们。禁欲表现。僵化表现。

许多地方都被绳子拦住、被工作人员禁止的。

186 人群平静、放松。没有任何的歇斯底里。但同时也没有色情表现，没有“欢乐”。没有任何的古怪，任何的惊喜，任何的浪漫。所见到的文字很难理解，有一些甚至像是嘲弄人。

零食摊（水果）。

一个红十字会的医务点：一位年老的妇女在让人包扎

伤口。

第二次休息。湖边上的剧场。红军。台上有一支传统的乐队，台下是一支古典乐队。一位女歌手穿着军装，非常像是解放军，在唱一段中国的歌剧，动作是习惯的规则动作，尽管穿着军装*。

湖上，小船装饰着纸灯。

女歌手唱完了，她行了军礼。

古典乐队，类似于用巴拉莱卡竖琴演奏出的乐曲。

化装集体舞（采中药）。合唱团在乐池中（女兵）。

总是《吉赛尔或维利斯人》式的手势动作。

在一侧，很美：湖水、灰墙、垂柳、黄褐色屋顶和无光泽的玫瑰红庙宇。

女兵，化妆过分。

我们坐在松树下的马扎上，时间是 10 点 30 分，天气非常宜人。

两位男军人歌手，在手风琴的伴奏下唱歌。阿尔巴尼亚歌曲。一位是胖子，一位是瘦子，嗓音很漂亮，唱得很好，嗓音功底很好。

---

* 妇女只有在是军人时才穿裙子。

男军人歌手，第一位年轻（化妆的）。不！那只是一种笛子独奏（有伴唱）。

还是有许多外国人在场。

许多游戏，某些是教学式的（音乐，象棋）（在一个很大的平板上）。

水兵，脸色白皙，像是个女孩。

书籍。

187 可以这么说，没有食物，没有饮料。

由此，这里一切是那么文静（有点儿像是儿童的顺从）。

柳絮。水面上落满了柳絮。

在几只大木桶里，养着红色、黑色金鱼。

从广场那里走了出去。

马克思和恩格斯（都长着大胡子）：布瓦尔与佩居榭呢？

劳动人民文化宫

Ejusdem farinae。[①]

---

① 拉丁语成语，意为“同样”、“同一类”、“一丘之貉”，带有贬义。——译者注

在真树上扎着许多纸花。

台上：一位军人男高音。嗓音很漂亮。手风琴。非常苏联式的。另一位军人，个子矮小：他唱的是一首模仿沙利亚宾[①]的低音歌曲。甚至，他的声音也是苏联味的！

在庙宇的一个会客厅里休息。汽水。毛巾。

我出去撒尿，为此而寻找一处厕所。一位胖女子[②]突然出现，并向我做着令人不悦的手势，我只好返回。

[在无数种艺术形式中，为什么选择这种形式呢？是因为被承认和被强加的标准就是内容吗？因为这种形式来自于某个地方，是直接的互文性（intertextualité）[③]：干部断决（决定）、甚至自觉地"发明"。接受过的教育，要么是小资产阶级的，要么是苏联的（这是相同的），但这种教育没有受到批判。]

外面：青砖绿瓦的楼前红旗招展。

---

① 沙利亚宾（Фёдорфдоровичшаляпн，1873—1938），俄国男低音歌唱家。——译者注

② 胖女子（fillasse），该词有"胖女子"和"妓女"两个意思，作者很可能用的是后一个。——译者注

③ 符号学术语，指不同文本之间存在的内容或结构相同或相关联的特征。——译者注

红旗，都与固定在带有明朝石雕的石柱上的粗铁丝连在一起。

军队方面的母系表现（我的招贴画）。

188 ［古希腊的聚合体：Téleutè/Askèsis[①]。在这里，不完全等于这个聚合体，不完全是意义的消失。没有任何激情。那么，作为第二个术语的狂饮（orgie）去什么地方了呢？（在私生活中）］

［不借助于分裂、分类来运行，而是只有差别很小的移动和滑动。］

生殖器官构造（母亲），没有男性生殖器。没有感觉吗？

女人，无侵犯可言，从正面看，就是这样。

下午，在民族公园

15点。一直有云，时有暴雨。

---

① Téleutè/Askèsis：结论，结果/练习，实践，生活方式。

[重提：昨天晚上：几位法国留学生对我们说，中国女孩猜疑心很重。这一点立即被看作是非常可能的。]

我们去紫竹院（少数民族演出）。

[“我的西装，是旅行的顶点”[1] ——肯定是，为逃避旅行的严肃所指，为把在政治旅行的诚意合理地化作乌有。]

所有的人，甚至工人，都午休一个小时。停止工作：12～14点。

幼稚的五一！

在马扎上休息。在太阳下演戏。8把大提琴（加一架钢琴），整齐地演奏类似于福雷[2]《悲歌》的东西！6个男人、2位女子穿着欧洲式的西服上衣，却没有扎领带。

---

① 在罗兰·巴尔特中国行之中，他曾希望有一套合身的西装，最终他只好定做。这一句关于西装的话，成了罗兰·巴尔特某种带有讽刺意味的无聊之谈。见后面内容。

② 福雷（Gabriel Fauré，1845—1924），法国作曲家。——译者注

189 一位着西装的藏族女歌手唱歌，伴奏是一个小的传统乐队（白布西装）*。

身后，人非常多。我们周围，几排人坐得很紧凑。

一般情况，人们很少鼓掌——几乎不鼓掌。这显然不是一种习惯。

很大的中国传统乐队，指挥位于很小的台子上。都是当地的乐器，两根弦的琴，类似于班桌琴（banjo），各种喇叭……还有低音提琴。

维吾尔族舞蹈（草原）。合唱。声调是非常苏联式。一位牧羊女在读书。你看，头戴红星的男人来到了，他为姑娘带回了丢失的羊羔。合唱团参与了欢乐。很像是波罗茨舞蹈②。

在颐和园

平原，远处有山。

---

* 她演唱：《翻身农奴进大学》。

② “波罗茨舞蹈”，是亚历山大·博罗迪纳歌剧《伊戈尔王子》（*Prince Igor*）的一部分。译者补注：亚历山大·博罗迪纳（Алксандр Бородин，1833—1887），俄国作曲家。

仍然是节日气氛，红旗飘扬在颐和园让人难以理解的围墙之内。穿着玫瑰色和黄色服饰的小女孩们。至少这一群女孩是向我微笑的！

化了妆的小男孩们的合唱。

人群密集成墙，一望无际的面孔，拥挤，亲切。

很大的湖，周围有塔：船装扮成鸭子，水上飘动着很大的红色气球。到处是人，长廊里也是人，散步之路弯弯曲曲。

在一个庭院里歇息，喝汽水。许多穿着白色上衣的服务员微笑着欢迎我们。

下午时光很美。红塔灰色的曲折屋顶，窗棂，绿色护 190
壁等。17 点。平静，平静……

走向石舫。一艘载有领导人物的船经过。那些政治大人物都坐在船的阁楼里，喝茶，与沿着湖边贪婪地紧随着船和看着船的人群没有任何沟通。渴望。

歌剧。还是一位少女主导着一个当汉奸的男孩子（一身黑色），他们的头发都像男性阴茎那样翘起。

大约 17 点 30 分，在越来越高昂的《国际歌》声中，人群缓慢地向着颐和园出口流动。

乘面包车返回：人群无边，在离开，我们只能看到他们的脊背。

“五一”，最多是少儿和幼儿的活动。但是，儿童太多了，就会让人腻烦儿童。

一种稚嫩的儿童文明，竟表演给一群有点呆傻的被动的成年人看。

晚　上

[被儿童化的成年人。]

[被成年化的儿童在使成年人儿童化。]

儿童就像是为成年人演出的节目。

观看体育表演

在我们已经观看过排球比赛的漂亮大厅里。有许多人，但很遗憾不少是外国人。我们等了半个小时（一直到 20

点），灯在不断地点亮。掌声。由谁来主持呢？ 191

钢琴声喧闹。一群穿着泳衣的女孩，大概 13 岁左右。类似于一种跳马的动作。许多都做得不成功。她们都很瘦小、瘦小，光着长长的大腿。

钢琴弹起进行曲。男运动员正步入场，穿着白色运动鞋，紧身衣，光着膀子。他们都落地不好。这一切都让人感到亲切和漂亮：真正没有美国人，也没有俄国人的一次！他们正步离开。

地面体操：一个身着绿色衣饰的瘦小女孩在绿色的地毯上：高难度动作、劈叉、双连跳等。女孩跑着离开。

一队身着白色衣服的 13 岁男孩，相同的高难度动作。一位 16 岁的女孩，等等。这一切都有钢琴伴奏。一半像体操，一半像舞蹈。一位 15 岁的男孩，等等。

男子跳马。（他们是体育学院的大学生。）这一演示让人厌烦。

[他们在任何地方都没有过怯场。]

音乐小曲是非常西方化的。

这一切，是那样让人厌烦，可表现得是那样有勇气，又是那样不真实。

男青年：吊环。评论强调年纪很轻。体能训练。

他们经常（几乎经常）失败，而尤其是完成规定性动作：没有任何诗意。

身着红色衣服的12岁小女孩又出现了，不停地跳舞——地面的高难度动作。多么烦人！

[一次令人失望的“五一”，平淡无奇，既没有英雄气势，也没有革命色彩，可怕地缺乏诗意。]

双杠。

等等：绝对无意义可言，而且失败。

第二部分：传统节目表演（武术*）①。遗憾的是，有
192 点像是集体舞，我已在报纸上看过无数次。

[在这个国家，只有政治说得上是文本，也就是说，只有政治说得上是能指——不管怎么说，没有艺术！]

不，还是比集体舞要好：更像是杂技。

一个身着绿色衣服、脸色苍白的男子，独自一人表演散打。另一个男子，是个胖子，在表演剑术。一个穿白色衣服的女孩在表演飞镖。[女战士。]

[他们不再赤身，而是穿着宽大轻盈的白色裤子，藏青

---

* 武：军队＝军事艺术。

① 尚武艺术。

色罩衣，金黄色领口。]

动作重复严重，让人厌烦。

两人对打：动作疾快，停止突然。

快速表演：一个矮个子女孩和两个小男孩，每个人都有一支长枪：小女孩突然进攻两个男孩。

[这几个孩子首次被放进很少的能指之中，在我看来，他们完全成了令人讨厌的人。]

[另外，在不发展智力（思考）的情况下，能发展政治意识吗？能从政治上使其他方面具有敏感性和使其变得幼稚吗？

相反，这次“五一”让我对于一种人性产生了可怕的想象，这种人性在政治上进行殊死斗争，竟然为了……自我幼稚化。孩子是大人的未来吗？]

10点30分。我们离开了这场没完没了的演出，我既疲倦，又沮丧。

5月2日，星期四
北京

193 7点。外面，天气有点儿发灰，但晴朗。

先用早餐，随后才洗漱。在等待理发和银行开门期间，到外面溜了一圈：天气晴朗，有点薄云，令人舒展。几位汽车司机都在用一根很长的掸子掸着他们的车子，每辆车前还有一只小水桶。

在三楼理发室里，使用的都是电动推子。使用香波，加一点点按摩。

9点，与旅行社代表沟通信息。

在我们所住楼层的会客厅里。

他们来了三个人（外加赵向导）：一位年纪稍长的男子法语说得特别好（他是上海人）。

上年纪的人致欢迎词：向我们学习，向法国学习。

一、关于总统选举的问题[①]。

关于密特朗与资产阶级的问题。

关于不好的经济形势的问题。

关于劳动者购买力的问题。

关于小资产阶级的问题。

关于社会党与共产党之间矛盾的问题。

关于中国同志如何看待苏联的演变问题——拒绝回答，我们不懂，我们是在中国，等等。

二、法国的人民运动问题（也就是说左派问题）。

左派运动问题。

托洛茨基问题（这个问题他们感兴趣）。[在这一点上，他们都说：托洛茨基人数很少，但他们破坏革命。] 194

林彪问题——没有什么反应。（他们不希望听到，在法

---

① 共和国总统乔治·蓬皮杜于 1974 年 4 月 2 日去世，他的去世使得总统选举必须提前进行，这次选举就在罗兰·巴尔特与《原样》小组返回法国的第二天（即 1974 年 5 月 5 日）至 19 日进行。瓦莱里·吉斯卡尔·德斯坦（Valéry Giscard d'Estaing）在第二轮时以微弱优势击败了左翼联盟的候选人弗朗索瓦·密特朗（François Mitterrant）而当选。

国，人们并不懂“批林批孔”运动。）

三、法国共产党内部的危机问题。

[11点。外面，天色发灰。]

当前的社会党与从前的SFIO①。

关于军队问题。

[所有的问题——不多，而且只叙述事实——都不是很深入。不过，从整体上讲，这次开会还是有准备的。]

关于妇女问题、流产问题。

这是一次礼节性的会议吗？似乎有人这么说。他们真的是旅行社的吗？

自我中心主义在政治上的重现：索莱尔斯依据法国共产党来理解法国共产党，依据中国来理解中国，等等。

与住在北京的马夫拉基斯（Mavrakis）一家和吕齐奥尼（Luccioni）一家一起去吃午饭（并不顺当）。我们乘出租车一起去一个大商业区，那里人很多，还去了烤鸭店。但是，当然是去有“大众的”（也就是说是革命的）地方，

① SFIO（国际工人运动法国分支）于1969年成为社会党。

即去中国人吃饭的大厅，而不是去外国人用餐的地方。谈判，在等待的过程中，我们一个接一个地到一条人很多的小街道里散步。最终，这样做是不行的。于是，我们到了一个很大的餐厅里，那里的饭菜非常可口（鸭肝，烤鸭，芝麻饼）。富有战斗气息的讲话让人感到难受。

马夫拉基斯告诉我们一个令人振奋的消息，而且完全是为中国增光的消息，他说，晚上，将有许多对青年恋人去紫竹院！他说，你们看，这里并没有压抑！

在这里，每一个法国人对中国都有自己的想法，而且 195
只说自己的想法，绝对不听别人的。

乘出租车返回（可回来了!），我们都很恼火。

天气热而沉闷。

下午，在天坛

在一个很大的公园里，有许多人、许多标语，仍然是过节的气氛。

许多风格各异的建筑物，有点像摆设，但其蓝灰色屋顶的镶嵌技巧很不错。

天气非常热，沉闷，下午充满太阳。在等司机的时间里，面包车四周围满张着嘴观望的儿童。几个成人，表情严肃，并不靠前，和气地试图分散这些孩子，大概既是出于害羞，也是与外国人保持距离。

购　物

友谊商店。我量身定做了一套西装，将由克里斯蒂安·蒂阿尔带给我。是一位可爱的从旧时代过来的老人为我量的尺寸。

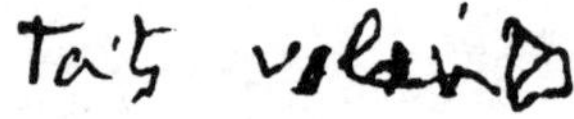

图 29

买了一些带盖的瓷杯。

在一处中药店：朱丽娅调查了有关避孕药物的情况。

196　旅馆：看见了两个法国留学生，我把定做西装的收据委托他们交给蒂阿尔。

与布克一起在一家四川菜馆里吃饭。院子非常迷人，几乎是田园式的。一层有一个小客厅，朝一个院子开放着

(过去时代的贵族建筑)。漂亮的瓷器。

饭菜丰盛可口，味道很冲，菜量很大。最后是美味的核桃粉粥。

我们穿过几条小胡同，步行回旅馆。这样做，改变了一切：我们第一次自由地看到了小胡同。月亮，有时胡同是黑暗的，树木，天气很热，来往的人很多，低矮的房子四敞大开，居民们清扫（干的）垃圾。终于，似乎有了一种可能的（闷热夜晚的）色情表现。

5月3日，星期五
北京

［回想昨天的事：吕齐奥尼在吃饭时说的话：他在一个劲儿地以中国的观点来谈中国。这来自内部的目光——他的所有努力都在于谈论内部：服饰，拒绝去外国饭店，坐公共汽车，而不是出租车，中国“同志”等。而在另一端，蒂阿尔与留学生们则继续以西方人的观点来看待中国。在我看来，这两种观点都是错误的。好的目光是一种斜视目光。］

6点。外面，灰蒙蒙的。［现在，我精神上有点担心，害怕天气上的意外会阻碍明天的飞机。］

为了参观大学——这是重要的一个方面，我们又外加了三个翻译！加在一起，他们是5个人，5个对5个，这是原则。

乘小面包车旅行是艰难的，因为这种旅行成了索莱尔 197
斯为迎合翻译的意愿而大讲特讲的机会。

在大学的进口，我们被拦住了，必须先打电话。

北京大学

一处迷人和人迹罕至的教学区：教学楼，花园。受到三四个人的迎接，其中一个是妇女（革命委员会和教师与学生）。

在一座房屋顶楼的小会客厅里。书法。

欢迎词。介绍。文学女教授，辩证唯物主义哲学院院长＋哲学系大学生＋行政办公室干部＋同前人员。

参观内容安排。

大学概况：1898年。三个学科：人文科学＋自然科学＋外国语。2 300名教师。学生：招生还没有明确，数量仍然有限。1974年的大学生还没有入学。

解放后：变化巨大。“文化大革命”之前，由于刘少奇的路线，而未能在教育领域执行毛主席的革命路线。刘少奇抄袭了苏联的教育体制＝旧体制：大学与工农兵和社会现实脱节，专业教育占主导地位，寻求个人名利。这种错误路线只能培养资产阶级贵族［外面，松树枝繁叶茂，客厅里有些昏暗］。1966 年，无产阶级“文化大革命”→
198 1968 年 8 月工人和军代表进入大学。从此，革命进入了教学。

按照毛主席的教导（教育应该为无产阶级政治服务，应该与生产劳动相结合）→彻底的改变。改变表现为：

——学生的招生与录取。从前，只招收高中毕业生，考试。今天，毕业生先去工厂和农村。在大学里，都是有经验的工农兵。报名者表达他们的愿望，群众讨论，地区一级（高于县而低于省）的负责人同意，大学认可。因此：具有社会主义政治意识的年轻人＋实践经验＋一般知识。主要是：政治批判（学习马克思、列宁、毛泽东＋忠于人民）。必须有两年的实际工作经验。［很长的蓝色长桌，带窗棂的窗户。］在大学里：文化知识＋学工＋学农＋学军＋对资产阶级和修正主义进行意识形态批判。国家补贴一切或发工资。［继续上茶。］

——教育结构上的改变。大学：开放办学（阶级斗争，生产，科学）。

一位大学生可以得到（食物＋零用钱）：15 元＋4.5 元（零用）＝每月 19.5 元。[一盒大众香烟：0.4 元。] [在百姓餐馆吃饭。一碗四川面条：9 分。]

在大学以外与工厂的联系：大学生定期去工厂。例如电学：去生产电器的车间。大学生掌握相应的电子计算机
技术。从前：只是书本知识。人文科学：整个社会就是大 199
工厂，马列主义与斗争相结合，三分之一的时间在社会里。

最近三年，人文科学的大学生们→165 家工厂、公社、商店、出版机构。社会调查。人文科学＝汉语、历史、哲学、经济学、国际政治、法律、图书馆学。

举例：社会＝工厂：我们在课堂里学习列宁的理论[后续的论述因翻译而取消。大致情况是：去工厂①，在那里找到旧社会帝国主义的档案，企业的历史]。因此，学生们知道了社会帝国主义的本质，两个超级大国的行为在世界上进行掠夺。学生与老师们的文章：高水平。

另一个例子：文学：从前，不能培养创作者。学生们只是学了文学理论和文学史。但：这几年来，大学生们写

---

① 为推测性解读。

作随笔、诗歌、小说、报告文学，真实地反映 OPS[①] 的具体斗争。他们高兴地说，他们可以学到过去人们无法学到的东西。

举例：哲学，20 位大学生在两个月的时间里就可以批判和阐释孔夫子与其弟子们谈话的《论语》。

大学生敢于做先人过去不敢做的事情。他们在批判的同时，也将《论语》从古典汉语翻译成了现代汉语。冯友兰教授，80 岁高龄时还在对中国古代历史进行研究。

——对教学内容与教学方法的改革。旧教材毒害大学
200 生，负担重而且混乱，因为都是唯心主义的垃圾（教材＝印刷书籍与课程）。

重新编印教材：1）辩证唯物主义＝中心；2）理论联系实际；3）消除混乱与负担：简化，“少而精”，即少而好。

800 教师→500 教材。

方法：消除障碍。现在：启发和讨论的方法，为的是让学生自己去思考。从 1970 年开始，就有 5 600 名工农兵大学生。已经有 2 300 名毕业。不过，学制缩短了。目前：

① OPS：工人、农民、士兵。

3年。因此，新大学生的分析与解决能力，比过去提高了。但是，这还是新事物，不过，方向是对的和有生命力的。

还有许多问题和矛盾。有必要做总结。我们希望得到你们的建议和指导，以便改善我们的工作（10点30分）。

几个问题：

介绍者：聂芒春（音译）：北京大学革命委员会负责人，俄语专家，行政办公室，俄语系主任（Beijing Daxue，即北京大学）。

大多数学生都是哪里来哪里去。100名大学生留在了大学（在需要的地方作研究）。

大学生可以表达自己的兴趣，选择志愿，但要服从国家或公社需要。表达志愿可以在三个班中进行：1）数学；2）物理；3）其他。

人文科学：国际政治，考古学，学习外国语。第一外
语：英语，然后是俄语、法语、日语等。有三个外语系： 201
1）西方语言系；2）东方语言系；3）俄语系。

——关于大学生们写作随笔、诗歌、小说等。发表的文章（一旦与老师讨论成熟之后）：报纸，期刊。中篇小说，还要加上长篇小说、报告文学（例如《春天与秋天的

革命》)。

——关于工资与奖学金（差不多20元）之间的区别。没有矛盾，因为有时候年轻人主动放弃零用钱，而由家庭资助；其他人，通常由家庭提供费用。

——这里只有单身。关于他们的年龄，进校：差不多20岁。最大的（这种情况很少）：27、28、31岁。女生：占1/3。

——大家都住校。

教师：住在大学附近，是学校提供的住房（大学住宿区）。一部分与大学生住在一起。

11点。重要问题（提前送过去）。

[一个扎着辫子、穿着白色上衣的女孩给我们续茶和添香烟。][很静，古色古香，高雅的地方。很静，这是美国南部校园生活的艺术。]

休息：他们对问题进行了录音——那是索莱尔斯再次提出的问题。他们马上回答——大概是每人根据情况和举例来回答。

[墙上：两幅古代的绘画：几匹马。]

回答：

——一个人的个人观点："批林批孔"深化了"文化大革命"吗？

"文化大革命"加强了无产阶级专政和提高了阶级斗争的政治觉悟。我们清除了两种修正主义：刘少奇与林彪。"文化大革命"的重要收获。但是，我们知道，随后斗争还会继续。因此，这是肯定或否定"文化大革命"的问题。 202
林彪的机会主义恶毒诽谤无产阶级"文化大革命"。为了反击右派的复辟企图，就应该（faut）[①] 积极地评价无产阶级"文化大革命"。

——这种右倾表现，是在什么时间？

——很难回答，因为斗争是有个过程的。（在前/在后＝第九次党代会[②]）林彪有时是直接地攻击，有时则是否定"文化大革命"中出现的新事物。与孔夫子的主张如出一辙。林彪曾经为"文化大革命"喊出过一些口号，但那不是他的路线的本质，林彪对于新生事物怀有刻骨仇恨，他批评

---

① 该词未见于当页。

② 中国共产党第九次全国代表大会于1969年4月1日在北京召开，大会代表以军人为主，这次大会重新制定了党纲，并与1956年的第八次代表大会决裂，同时选举了几乎全部是新人的中央委员会。这次代表大会，标志着林彪所颂扬的"文化大革命"的胜利，确定了建立在从意识形态上动员全社会的政治路线。

知识青年扎根农村。与孔夫子的路线别无二样：复辟，倒退。表面上好话说尽，小红书在手，却想方设法背后插刀。无产阶级是强大的，于是，我们揭开了他的假面具。

[还是离不开砖块。] 因此，要“批林批孔”，这与无产阶级“文化大革命”密切相连。因此，这便是一种深化。

——另一种回答（是哲学系张教授吗?）：关于修正主义路线、修正主义与教条主义两者之间的关系。林彪的路线：是“克己复礼”的修正主义路线。它意味着：复辟资本主义 [这一点，从漂亮的砖块开始]：复辟。如何表现的呢？林彪想方设法篡夺党和国家的领导权：他曾竭力主张设立国家主席（该词使用正确）。

[这一切说明，对于体制的最为纯粹的生产，竟然是一种奇妙的修辞学：说服和战胜的艺术，也就是说，让言语活动无空隙、无返回。]

林彪搞了反革命政变。背叛无产阶级专政＝所有机会
203 主义的关键。因此，“批林批孔”：反对修正主义的斗争。

同样：也是在上层建筑里反对修正主义的斗争。林彪想从政治上解放坏人、右派、机会主义者、地主等。在国际方面：他曾要求社会帝国主义和帝国主义的支持：苏联的核保护伞。因此，关于他，我们可以说是：高级国际间谍。从他的各

种情况来看，我们可以说他是所有机会主义的代表。在理论基础上，他主张“天才论”（唯心主义先验论）：知识与能力是上天的赠与（即先天的）。[这一点，是完美的训导，它非常完整和明确。] 但从历史上看，这是一种唯心主义的概念，它可以为复辟准备公共舆论。领导人天才论：实际上，破坏他们的威望。把无产阶级领导人看作是超人：这就使领导人脱离了实际、脱离了群众、脱离了无产阶级。他（总是林彪）把领导人看作是国王、封建皇帝。表面上，他提高了他们的地位，但实际上，他贬低了他们的形象。参阅斯大林批判托洛茨基派的方式，托洛茨基派曾把列宁捧为天才，但那不是光明正大的，那只不过是反对列宁的阴谋。[请不要打乱训导的秩序：“我将把打乱训导看作是更低级的。”]

打着红旗反红旗。自认为是天才，自认为是领导人——而他的儿子又是超天才！（他的儿子当时 23 岁，死了，“去见孔夫子了”，曾在北京大学学习，但他是一个笨蛋！他就是林立果）。

为了实现他的罪恶企图，他口出反革命言论。 204

[他们从来不回答就事实、历史提出的问题。话语总是一般的：类似于某种很大的凭揣测意图而进行的诉讼。]

12 点。两个女孩端来了盘子。我们马上用餐。

[当然，我们不是在历史科学领域！困难的是，我们的历史学家无法提供一种意图的证明!]

[两个女孩又端来了三明治和糕点。]

[我们又提出了资料的问题，但一直没有答复。我们并不在历史科学领域，瓦尔说，我们更是在拉康的领域!] [人们在让我们去参照一些话语，例如周恩来的话语。]

休息：我们吃了一点东西。啤酒。

为什么要阅读《哥达纲领批判》呢？因为这是一部光荣的和反对机会主义的著述：不能拿原则做交易。反对修正主义的锐利武器，并且是在社会主义向共产主义过渡的时期（无产阶级专政）。

"批林批孔"的意义：强调无产阶级专政，在无产阶级专政下继续革命。捍卫反对拉萨尔论点的激烈革命。因此，为反对修正主义而斗争。

在休息期间的讨论：关于劳动，关于《哥达纲领批判》的开头。哲学教授更善于自我辩解。

[在墙上毛泽东的书法下面，有两盆天竺葵对称地摆放着。]

阶级斗争优先于“发展生产”。 205

[我们后来增加的翻译人员完全一言不发，埋头作记录。]

12 点 30 分。我们从 9 点 30 分就在这张桌子上了。

[这是一次哲学教授与索莱尔斯之间的争论，后者充分地享受着这种二重唱：他在说！他是头头！]

哲学教授：非常了解马克思主义，他对所有问题的回答都来自于马克思全集，都来自于《圣经》，他是出色的教士。他完全能讲授笛卡尔主义！

[资产阶级领域：实证主义，历史科学，验证的世界，经验的世界等≠马克思主义：话语与论证的[*]幻象，无“证明”，是神话学的返回吗？是话语的返回吗？]

[但是，也许在 18 世纪，在资产阶级上升阶段，在我看来上升的话语可能就像是笛卡尔式的。]

[应该区分我在第一个级次与在第二个级次学到的东西。(这差不多就是“斜视的目光”)①。]

---

* 他出口就是一些否定意义的大话：真实、实践等。伟大的说话人。

① 见前面内容。

［我们几乎无法让他们承认哪怕有一点点的反斯大林主义，他们总是在捍卫斯大林——是赫鲁晓夫受到了批
206 判。］——斯大林：可能有错误，但赫鲁晓夫和勃列日涅夫：叛徒。我们不能把一位犯错误的同志与（无产阶级的）叛徒等同看待。

［我们有：

1. 能指平面；

2. 所指平面（稳定的话语）；

3. 所形成和所毁掉的文本的平面（真实的政治，路线斗争等）。］

［我不去争论，尽管它是有意思的，尤其是关于苏联修正主义的原因。］

［在我面前，在带有装饰的窗户后面，是一个非常法国化的国家，几乎就是法国的西南地区：松树，梧桐树。］

关于斯大林晚年的错误问题：理论与实践的矛盾，他进行阶级斗争，但又说理论上阶级不再存在。他是一位伟

大的革命者，能够改正自己的错误。但他没有经验，因为苏联是唯一的社会主义国家，我们不能把修正主义的责任归咎于斯大林同志。

争论毫无婉转地中断，在尴尬的时刻出去散步。

散步：

集体在孤独的花园里散步。湖泊。塔前的雷达。埋着（一部分）埃德加·斯诺的骨灰的坟墓，上面写着“中国人民的美国朋友，1905—1972”①。

这所发起“文化大革命”和我们认为是最富有智慧话 207
语的大学，完全是空荡荡的，寂静的。

集体合影。

图书馆：空荡无人，散发着樟脑味。四位伟人和毛泽东的肖像。戴鸭舌帽的领导作概况介绍。[好像为了欢迎我们，人们完全地腾空了大学，并使其变得像是极度疲惫似

---

① 埃德加·斯诺（Edgar Snow），美国记者，是最早采访毛泽东的记者之一。*Redstarover China*（《红星照耀中国》，1937），其法文版 *L'Etoilerougeau-dessusdela Chine*（Stock 出版社，1964）重新描述了中国共产党从诞生到 30 年代的历史，斯诺向世人传达了这一传奇进程。

的。] 天气昏暗了下来，寒冷。甚至可以说有点破旧。

图书馆人员的砖块：批判地继承（这一点，是在面对橱窗里展出的旧书稿时说的）。

很干净，散发着樟脑味和印度香，以及中草药气味。

法国文学角落：莫里哀、拉布吕耶尔、费纳龙、杜米克[①]！朗松！甚至在皮孔[②]的作品中还有我！但是不能割裂[③]。

天气晴朗，非常静。14点，出现了一些自行车。花园中，一切都是分散的。在什么地方有集体活动呢？是大字报吗？

14点，返回客厅。休息之后，教授似乎恢复了体力，又是大量的砖块，他重新开讲两条修正主义路线的负面影响。

---

① 杜米克（René Doumic，1869—1937），法国文艺批评家。——译者注

② 皮孔（Caëtan Picon，1915—1976），法国文学批评家。——译者注

③ 加埃唐·皮孔在其新版《法国文学全貌》（*Panorama de Lalittérature française*）中，在谈到罗兰·巴尔特（“《神话学》的这位有趣的、深刻的和有争议的作者”）的《米什莱》一书时（290页），对罗兰·巴尔特写了一些文字（290页，第29行）。

[任何马克思主义的论点都“没有证明”。或者，更可以说，马克思主义话语纯粹是断定性的。这便允许所有分裂性的言语活动在马克思主义内部借用一致的论点来相互争吵：从相似到相同。]

教授纯粹地重复和只是简单地说：天才理论的唯心主义、“英雄创造历史”等。

[这便是纯粹的教理问答的世界。]

不幸的人，天真的人，感觉不到我们已经10次完整地 208
听过他的话了。或者，这种情况对于他来说毫不重要？价值的改变：新颖性已不再是一种价值，重复也不再是一种毛病。

教授继续开列林彪的罪名（都是抽象的）和砖块名目。

[好像：（可憎的）话语≠荣耀的真实（需要的满足）。]

[总之，那些处女才扎着辫子。]

[我像在上课时睡觉，或者像在听布道时睡觉，因为这种布道在每一次翻译之后便重复其段落。]

[是一种与需要对立的话语吗？有疑问的方程式就是这

种样子。]

[大家都依靠修正主义在重建他们的一致性，同时忘记了作为不一致之起源的可怕的斯大林。]

林彪，武士道（Bushido）和希特勒。想要一种封建的法西斯主义（≠毛泽东：是党在指挥军队）。

孔夫子对家庭有影响吗？——他的影响深入所有的领域，因为后来的所有统治者都大加宣扬这种影响。孔夫子的道德观，在家庭中有很大影响，固定为四种权力：政治权力、传统权力、宗教权力、丈夫权力——它们是套在中国人民身上的四条锁链。丈夫权力，非常残忍：妇女要连续地服从于父亲、丈夫和儿子。这些罪恶的影响已经减少了很多，但仍需要完全地清除。在孔夫子身上，为奴隶制而培养奴性。但在今天：是只有一个阶级的权威和只服从于一个阶级吗？——对于无产阶级、对于革命来说，最有
209 力的权威：集中制+民主=权威。

——“逆流”的地位是什么呢？——那些反对资产阶级错误潮流的人，恰恰是为了创立和强化无产阶级权威。

［外面，大学是一动也不动地空空荡荡。］

“人们有道理起而反对反对派”——这是在斗争中建立无产阶级的一种权威。“文化大革命”怎样了呢？一直在党和毛主席的领导之下。关于孔夫子：当前，家庭的原则本身是否受到质疑？资产阶级诽谤共产主义，同时说共产主义在削弱家庭。对于这一点，马克思回答说，在共产主义社会里，家庭可能会消失。但是，家庭，因时代不同，历史实际是很不相同的，例如：父系制＝私有制，家庭＝生产单位。资产阶级家庭＝金钱关系。因此，家庭的性质应该改变。但是家庭永远不会消失，家庭永远是一种人类的血缘关系，这种关系应该发展，并永远不能倒退。≠资本主义国家，在资本主义国家，年轻人梦想着用无序的性关系来消灭家庭：那便是返回到原始社会。

［该主题的重要性：“不能倒退”＝形式！内容并不重要！］

其他问题：是对中国文化传统的整体批判吗？在西方世界中，知识分子的工作有什么积极的方面呢？文学和语言学是怎样的？

回答：中国古典文学：任务是清除孔夫子的影响＋学习法家的传统。［也许，这又是一堆砖块，因为听者是他们
210 自己，而不是我们。］进步总是与法家有联系［茶在续水之后出现的乏味与话语的重复带来的乏味，别无二致。］在当前，主要的问题是儒家/法家［人们并不关心道家、佛教等］。［那位妇女也以漂亮的声调开始堆砌她的砖块。］原则：以一种批判的方式来继承。过去的东西，应该服务于现在。所有的研究：通过“批林批孔”＋理论问题。如何创造英雄形象呢？文学如何来为工农兵服务呢？

——卢卡奇吗？修正主义者。

——语言学是怎样的呢？——汉语方面。

1）现代汉语；2）古代汉语；3）语言理论与历史。方向：用马克思主义观点来批判语言学方面的资产阶级和修正主义理论。北京口语的普及问题①：汉字的改革与简化。实行汉字拉丁化，因为汉字尽管对中国文明具有很大贡献，但它有许多不足。研究众多方言进行，寻找方言与北京语之间的规则：方言在口语中仍然使用。在说话普及之后，

① 这里说的，该是普通话的普及问题，后面的“北京语”之称谓也是如此。——译者注

继而可以进行汉字的罗马化，尽管两项任务是同时进行的。

［在这一切之中，最为古怪的，并非是中国，而是马克思主义达到了彻底的程度。］

——西方语言学家对于汉语语言的观点：不是客观的，不符合汉语的实际。要将中国的实际与汉语联系起来。如何简化地使用汉语。

［这所大学：超正统，超彻底，超教理说教，因此，实际上是先锋派，但不是以我们的词义来理解的先锋派！］

我们与西欧资产阶级和修正主义语言学家进行着斗争。 211
西方和 révisio[1] 的理论＝不足之处很多。因为这种理论是建立在印欧语系基础上的，这种理论具有不完整的特征，因为他们没有把非常重要的汉语包含进去。因此，我们的研究：对丰富语言学理论和纠正其不足具有重大意义。应该与每一种语言的各自特征相适应。

对语言学进行综合，应该考虑所有的语言。法国，作为具有语言学传统的国家，将来，我们希望语言学贡献是相互的。

---

① 是 révisionniste（修正主义的）之简写。

问题：

——我们的学生了解美国对于汉语的研究。有一组中国人已经被派往美国的几所大学，并师从不同的语言学家。问题：语言学如何为政治服务呢？欧洲人的不足之处是什么？回答起来，那就太长了。

——如何了解中国人对于汉语的研究呢？自“文化大革命”以来，没有时间出版各种杂志，这取决于具体的环境。而且即便在这一点上，也存在着两条路线的斗争。

[绝对的政治集权制。]

[政治激进主义。]

[就我个人来讲，我无法在这种激进主义、这种狂热的连续性、这种强迫性和偏执狂的话语之中生活。][无法在这种结构、这种无断痕的文本之中生活。]

[沙文主义，中国中心主义。]

212 我们认为汉语是非常明确的。我们认为，汉语可以非常明确地表达人们的所思所想。

索莱尔斯致答谢词，哲学教授回答说：与《原样》小组的交谈非常深刻，涉及面很宽。我们并不觉得累，我们感到高兴。我们的交谈将方便法国人民对中国人民的理解。

16 点 40 分。

外面，晴朗，平静，竹园，黄花，小院子中的水池。

我们与一小队大学生相遇。

旅馆：大家在一个房间里，痛饮茅台酒。

旅行社奉送的最后一餐

山东饭店。会客厅有点豪华，楼梯是 1925 年建造的。茶，有香味的热毛巾。旅行社大领导来接待（讲话是没完没了的“不足之处”）。

显然，旅行社的人在着装上可分三种：大领导，深色西服，非常干净；下面的领导，也就是安排我们旅行的那位，年轻而细嫩，着灰褐色呢子上装；我们的那几位翻译穿的则是旧上衣或棉质西装。

大领导以一些数字进行了政治讲话。

饭菜：羊肚等，很可口。

整理行李之前，在旅馆周围转了转。

5月4日，星期六
北京

213 为了出发，5点钟就醒了。烦躁。

外面，非常灰暗，最后看几眼那几处大屋顶，再听几声汽车喇叭响。

7点，我们乘小面包车出发。大街上满是骑自行车的蓝衣劳动者。在天安门广场上，穿着蓝色和白色衣服的卫兵进行着某种列队操练。一队年轻人穿过大街。

手续：太多！完全是一种受压抑的循环。

机场餐厅的早点非常丰盛。很多人，很多一队一队出现的中国人，排着队，身着制服：他们上衣颜色深暗，领口紧闭，真有点像是耶稣会教士[①]。

在飞机里：外面，天空晴朗、空气轻盈（在去机场的路上，我们看到了远处的山）。

9点05分。我们起飞（飞机几乎客满：阿尔萨斯人、黑人、中国人等）。

刚刚上飞机的时候，法国航空公司，也就是法国做了件蠢事：航空小姐脸色紧绷：有件行李很可能被放进了货舱！

9点10分。我们起飞。

好了！

航空小姐有点俗不可言，她在分发报纸时对我们说："这不可能，他们肯定会吵起来！"

在飞机里

几种商品的价格：

① 耶稣会教士（Jésuite），即耶稣会成员，这里用其着装死板之意。——译者注

半公斤	大米	0.17 元
	面粉	0.19 元
214	牛肉	0.70 元
	猪肉	0.80 元
	西红柿（夏天）	0.01 元
	蔬菜	0.02 元
	食物油	0.88 元
	鸡肉，鸭肉	0.70 元
	自行车	140.00 元
	缝纫机	140.00 元
	照相机	70.00 元
	城里人穿的鞋	10.00 元
	每月公交车月票	3.50 元

在飞机里 12 小时。阿尔萨斯人吵闹地为他们当中的一位庆贺 50 岁生日：唱歌，鼓掌，礼物，香槟酒。我先是恼怒，随后便消了火。

应该很好地区别“批林批孔”运动与贝多芬—安东尼奥尼事件。运动：是的，严肃，彻底。贝多芬呢？现在无疑被看作是一种错误。安东尼奥尼呢？是不重要的，只灭火即可（这一时间尤其因安东尼奥尼与意大利共产党的联系而爆发）：昨天晚上，按照旅行社领导的说法，这一点使人非常遗憾地失去了从法国开往广州的邮船的 200 位旅客，因为游客担心中国人的“野蛮”。

那几位坐在后面的阿尔萨斯人，大吵大闹！（就像任何一个法国团那样：信心十足。）而坐在前面的六位英俊的黑人，则平心静气……

法航上的午饭非常低劣（面包小得像梨，因炖汁糟糕
而变味的鸡肉，生菜像是上了颜色，巧克力粉熬的包心菜，
而且没有香槟酒!），我甚至差一点写个便条去索要。在喜 215
马拉雅山的上空，竟然吃的是巴斯克味道的炖鸡！总是在
骗人!

在卡拉奇暂停。非常热：没有什么可买（可怕）。但是，整个西方世界又都回到了我的身上：三位英俊的巴基斯坦男人的裙裤和色情表现。真想再回来!

因此，应该以我所喜欢的一切为代价来获得革命：这

一切便是“自由的”、排斥任何重复的话语和无说教性。

在我为整理出一种索引而重读这几本日记的时候，我发现，如果我发表它们，那正好就是安东尼奥尼式的东西。但是，有其他办法吗？实际上，我只能：

——赞同。“内在于”话语：不可能

——批评。“外在于”话语：不可能

——零散地描述一次出行。现象学。

安东尼奥尼，“是罪人”！怀着“无耻的意图和蔑视的做法”①。

中国人：实际上：像是交谊会成员②（那些人征服了马克思主义的美洲）（妇女是修女）。

---

① 罗兰·巴尔特曾在安东尼奥尼于1980年1月29日获得“阿尔齐吉纳迪奥金奖”（Archiginnediod'oro）之际，写了名为《亲爱的安东尼奥尼……》（«Cher Antonioni…»）的文章：“是您有关中国的电影使我产生了中国之行的愿望；而且，这部影片之所以被那些本该理解它的爱之力量远远高于任何宣传的人所临时拒绝，是因为它是根据一种权力反应而非根据真实要求来判断的。艺术家没有权力，但他与真实有着某种关系”（《全集》第五卷，902～903页）。

② “交谊会成员”（Quakers），即“交谊会”（Sociétéreligieusedes Amis）的信徒，是一个宗教派别，以“向外证明”为教旨。该教派于19世纪末从英格兰教会分离出来，其成员之间相互以“朋友”称谓。该教派首先在英国的海外殖民地发展起来，进入20世纪，又在拉丁美洲和非洲广为传播。——译者注

（阿尔萨斯人中的）一位高大汉子在中间走廊里走来走去，就好像是他在监视做劳役的人那样。

可以写一篇文章（如果我要写的话），来谈飞机上的两顿饭：法航饭菜，低劣；在描述上，无法等同于中国饭菜：两个苹果，茶水，毛巾，香烟。

［今天晚上：两块甜菜，两块黄瓜，两片西红柿＝生菜＋塑料薄膜封住的调味汁（供吃三文鱼用）＋烫嘴的油脂，
但劣质肉却不热＋青豌豆＋粗糙而干的蛋糕：用乏味的老 216
面团制作的，上面涂了些刺眼的颜色。］

结论：三种赏识，两种抵制，一个问题。

一、1. 需要得到了满足

2. 阶层的混杂

3. 风格，伦理

二、1. 俗套

2. 说教性

三、权力之地

第四本日记*

* 原书有“第四本日记”标题，但无内容，应是作者尚未开始写作这一部分。——译者注

附件一　主题术语索引

A

Acupuncture，针刺麻醉，p. 47，50，58.

α（Figure），小“α”形象，p. 93，99，150，168.

Angélisme，超凡脱俗，p. 108.

Antonioni，安东尼奥尼，p. 44.

Apparence/Essence，表面/本质，p. 53.

Applaudissements，鼓掌欢迎，热烈欢迎，p. 27，32，41，49，82，96，98，127，141-144，150，189.

Art，艺术，p. 55-59，75-78，81，92-93，98，128-130，138-139，142-144，154，161，167，178-179，181-182，187.

Artiste（I'），艺术家，第 79 页及以后，p. 91.

Assentiment，认同，p. 27，33，46.

B

Badmington，p. 羽毛球运动，22.

Ballets，芭蕾舞 p. 44.

Bilan，总结，p. 28，56，131，216.

Brecht，布莱希特，p. 22，45，60，128，129.

Briques，砖块，p. 91，132，138，142，149，150，165，167，183.

Bureaucratie，官僚主义，p. 32-33.

C

Calligraphie 书法，p. 32，39，57，59，75，78，81，147，162.

Campagne，农村，田野，p. 73，74.

Caractères，汉字，p. 32，59.

Caricatures，漫画，p. 29，81.

Causerie，聊天，p. 36.

Charme，魅力，p. 23，31，58-61，152-153.

Cheveux，头发，p. 23，34，67，148，180，153.

Chinois（les），中 国 人，p. 20，46，56-57，62-63，

75，80，185-186.

Chou En Lai，周恩来，p. 69.

Concret，具体的，p. 33，39-40，108.

Conflit，争执，p. 141，170.

Confucius，孔子、孔夫子，p. 64-65，66，135，208.

Contre-courant，逆流，p. 100-101.

Coquetterie，爱美，p. 23-24.

Corde (jeu)，跳绳（游戏），p. 23，93.

Corps，身体，肉体，p. 21-23，25，31，39，44，46，101，123-124，161，171-172，179.

Couleurs，颜色，色彩，p. 21-23，32，36-37，60-61，94，96，168-169，172，175-176，186，195.

Cuisine，厨房，p. 43-44.

Curiosité，好奇，好奇心，p. 35，77，96，131，137，139，152，154，166-168，195.

D

Déguisement，装扮，p. 39，47.

Double-face，两面派，p. 44，65.

Doxa，多格扎，p. 28，29，34.

E

Ecrivain (I')，作家，p. 35，39，43，61-62，64.

Enfants，儿童，p. 44，98，185，190，192.

Enseignement，教育，p. 71-72，79-80，96-97，139，180，197.

Epargne，储蓄，p. 26

Erotisme，色情，p. 24，27，31，55，66，186，196，215.

Etudiants，大学生 p. 25.

F

Famille，家庭，p. 45.

Fard，化妆的，p. 44，92，128，151，185.

Femmes，妇女，女人，p. 13-14，56，126.

Filles，女孩，p. 93.

G

Gestes，动作，p. 129.

Gotha，哥达纲领，p. 31，33，64，128，204.

Gymnastique，体操，p. 36，114.

H

Hagiographie，圣徒传记，p. 31.

Hegel，黑格尔，p. 33.

Héros，英雄，p. 131.

Homos，同性恋，p. 23，24，35，133，134.

Histoire，故事，p. 67.

Hôtesses，航空小姐，p. 34.

I

Incident，偶遇事件，p. 80，92.

Instituteurs，小学教师 p. 22-23.

Intellectuels，知识分子，p. 52，69，71.

L

Langage，言语活动，语言，p. 71，140，153.

Ligne，路线，p. 198.

Lin-Piao，林彪，p. 30-31，33，41，45，63-65，69，91，99，109，125，149-150，165，208.

Linguistique，语言学，p. 70-71，210.

Liu-Shao Shi，刘少奇，p. 30，37，51，79，96，108，122；Liu Shao Shi-LinPiao，p. 76，180.

Livre (mon)，le voyage，（我的）书籍，旅行，p. 19，21，22，30，44，45，73，78-79，111，137，140，145，

148，159，160，162，173，183-184，192，196，205，215.

Logique，逻辑的，p. 70.

Loyer，房租费，p. 43.

M

Mains，手，p. 39，44，46，56，77，92-93，97-98，123，147.

Mao（Photos），毛泽东（照片）p. 39，50，51，56，148，164；(Principe)（原理），p. 47，49.

Mariage，结婚，p. 49，134.

Matérialistes，唯物主义，p. 70.

Marxisme，马克思主义，p. 295，207.

Matriarcat，母系制，p. 43，100，109，129-130，172，188，190.

Migraines，偏头痛，p. 28，114.

Militaire，军队的，军事的，p. 22，44，82，140，143.

N

Nankin（Pont），南京（长江大桥），p. 40，75-76.

Nourriture，食物，p. 23，34，184.

O

Odeurs，气味，p. 24，28，29，30，39，47，73，78，

80，83，96，103，111，119，160.

Ouvriers，工人，p. 31，126.

P

Paysage，景致，风景，p. 73，110，136，153，168-169，175.

Pilin-Pikong，批林批孔，p. 27，29，30，39-40，44-46，52，63-65，68-69，80，81，83，97，100，109，134，142，152，177，201 及以后，204，214.

Plan571，“571”工程，p. 65.

Portraits，肖像，画像，p. 29，42，51，53，56.

Pratique，实践，p. 33，40，76.

Prix，价格，p. 127，213-214.

Processus，过程，p. 65.

Psychiatrie，精神病学，p. 49.

R

Rejet，拒绝，p. 28.

Retraite，退休金，p. 42-43，45.

Révisionnisme，修正主义，p. 122，125.

Rhétorique，修辞学，p. 66，91，202-203.

S

Salaires，工资 p. 25，26-27，108，121，126，134，148；(Étudiants)，p. 198，201.

Salons，会客厅，p. 24，29，47，50，51，53，57，60，75，76，79，133.

Ségrégation，分离，p. 28，154.

Sens，意义，p. 188.

Sexualité，性欲，p. 22，24，38，39，46，49.

Sino-centrisme，中国中心主义，p. 92，139.

Sou (Episode)，一分钱（故事），p. 42，43，44，99.

Staline，斯大林，p. 54，122，165，205-206；Etat-stalinien，斯大林式的国家，p. 76.

Stéréotype，俗套，p. 28，29，30，33，45，144，150，182.

Surprises，惊讶、惊喜，p. 21，96，120.

Syndicats，工会，p. 40.

T

Tachai，大寨，p. 104，141，152.

Taoïsme，道教，p. 69-70.

Ta-Tsi-Pao [Dazibao]，大字报，p. 27，31，37-39，78，109，132，162，180，180，207.

Thé，茶，p. 37，42，47，51，57，67，95，110，130，159，210.

Topos，关键词，P. 42-45，80，100，107，125，130，149.

Thermos，热水壶，p. 42-45，80，100，107，125，130，149.

Travail，工作，p. 39，133.

Trotskysme，托洛茨基主义，p. 51-52，203.

V. Y

Verrouillage，封闭，p. 46，72，73，111，128，149，183-184.

Vêtement，服装，衣服，p. 20，23，25，42，72，75，82，135，137-138，162，212，213.

Voyage，旅行，游览，p. 183，188.

Yeux (Gymnastique)，眼操，p. 101.

附件二　姓名、地名、专有名词索引

Alice（*Alice au pays merveilleux*，de Lewis Caroll）（爱丽丝，法国哲学家刘易斯·卡罗尔创作的《爱丽丝梦游仙境》中的人物），p. 93.

Althusser，Louis（阿尔都塞，1918—1990，法国哲学家），p. 62.

Antonioni，Michelangelo（安东尼奥尼，1912—2007，意大利电影人），p. 44，45，95，214，215.

Aragon，Louis（阿拉贡，1897—1982）：法国作家，p. 177.

Auriliac（奥里亚克），法国康塔尔省（Cantal）的首府，p. 141.

Bangkok（曼谷），p. 66.

Barthes，Henriette（亨丽埃特·巴尔特，1893—1977，罗兰·巴尔特的母亲），p. 169，177.

Baudelaire，Charles（波德莱尔，1821—1977，法国诗人），p. 168.

Beethoven，Ludwig Van（贝多芬，1770—1827，德国作曲家），p. 181，182，214.

-*Sonatine*（《小奏鸣曲》），p. 182.

Blanche，Francis（布朗什，1919—1974，法国演员），p. 57.

Bouc Alain（布克，《世界报》驻北京记者），p. 169，172，173，195.

Boumedienne，Houari（布迈丁，1932—1978，阿尔及利亚国家元首），p. 103.

Bouvard et Pécuchet，de Flaubert（福楼拜的小说《布瓦尔与佩居榭》），p. 74.

Bouvard et Pécuchet（布瓦尔与佩居榭，小说人物），p. 187.

Brecht，Bertolt（布莱希特，1898—1956，德国戏剧作家），p. 22.

Brejnev，Leonid Ilitch（勃列日涅夫，1906—1982，前苏联党和国家领导人），p. 206.

Butterfly（蝴蝶夫人，普契尼的歌剧《蝴蝶夫人》中的人物），p. 44.

Canton（Guangzhou）（广州），p. 52，214.

Chaliapine，Fedor（沙利亚宾，1873—1938，俄国男低音歌唱家），p. 187.

Chang Kai Chek，Tchang Kai Tchek（蒋介石，1886—1975），p. 52，151，152.

Chang Kuo Tao（张国焘，1897—1979，30 年代中国共产党领导人），p. 53.

Changxi（陕西，中国的省份），p. 167.

Chen Du Shu（陈独秀，1879—1942，1921—1927 年中国共产党领导人，1930 年被开除出党），p. 52，53.

Chicago，芝加哥 p. 50.

Chou En Lai（Zhou En lai，中国政治家，1898—1935），p. 69，163，204.

Confucius（孔子，孔夫子，中国古代哲学家，大约公元前 555—479），p. 27，29，30，44，52，60，63，65，

66，68，69，80，83，100，126，135，145，162，199，202，208，209.

Coppélia，ou la Fille aux yeux d'émail（《葛蓓丽娅》或《彩色眼睛的姑娘》，1870 由巴黎歌剧院创作的芭蕾舞剧），p. 92.

Courbet，Gustave（库尔贝，法国画家，1819—1877），p. 139.

Cuirasse Potemkine (Le)（爱森斯坦的电影《战舰波将金号》，1925），p. 166.

Dietrich，Marlene（迪特里希，祖籍为德国的美国女演员，1901—1992），p. 35.

Doumic，René（杜米克，法国文学批评家，1860—1937），p. 207.

Duras，Marguerite（杜拉斯，法国女作家、电影剧作家，1914—1996），p. 148.

Engels，Friedrich（恩格斯，德国哲学家，1820—1895），p. 51，64，187.

-*Anti-Duhring*（《反杜林论》），p. 142.

Fauré，Gabriel（福雷，法国作曲家，1845—1924），*Elégie*（《悲歌》），p. 188.

Fénelon，Francois de Salignac de la Mothe（费纳龙，高级教士和法国文学家，1651-1715），p. 207.

Feng Youlan（冯友兰，中国哲学家，1895—1990），p. 199.

Feuerbach，Ludwig（费尔巴哈，德国哲学家，1804—1872），p. 64.

Fille aux cheueux blancs（*La*）（《白毛女》，中国革命芭蕾舞剧），p. 154.

Foucault，Michel（福柯，法国哲学家，1926—1984），p. 41.

Freud，Sigmund（弗洛伊德，奥地利精神分析学家，1856—1939），p. 49.

FW（见 Wahl，Francois）.

Galliera（巴黎加里拉宫），p. 56.

Gide，André（纪德，法国作家，1869—1951），p. 150.

Giselle，*ou les Willis*（《吉赛尔》或《吉赛尔或维利斯人》，1841 年欲巴黎歌剧院创作），p. 92，154，186.

Granet，Marcel（格拉内，法国汉学家，中国古代史研究者，1884—1940），p. 21.

Han（汉朝，西汉，公元前 206—23；东汉，25—220），p. 112，113，161.

Han Feizi（韩非子，中国哲学家，死于 233 年），p. 70.

Haendel，Georg，Friedrich（亨德尔，祖籍为德国的英国作曲家，1685—1759），p. 110.

Haydn，Joseph（海顿，奥地利作曲家，1732—1809），p. 110.

Hegel，Georg，Wilhelm，Friedrich（黑格尔，德国哲学家，1770—1831），p. 33，70.

Henan（河南，中国的省份），p. 110，128.

Hitler，Adolf（希特勒，德国政治家，1889—1945），p. 208.

Hou-Sian（Huxian）（户县），p. 144.

Hua Tchin Tchen（Huaqingshi）（华清池），p. 150.

Huai Su（怀素，中国唐朝书法家，725—785），p. 161.

Hunan（湖南，中国的省份），p. 51，58.

Jobert，Michel (若贝尔，法国政治家，1921—2002)，p. 94.

Jocelyn（《若斯兰》，拉马丁的一首诗，1836)，p. 154.

Julia (见 Kristeva，Julia) .

Kansas（堪萨斯博物馆)，p. 115.

Kant，Emmanuel (康德，德国哲学家，1724—1804)，p. 70.

Kao Kang（Gao Gang，高岗，中国共产党党员，1905—1954)，p. 53.

Karachi，(卡拉奇)，p. 215.

Khrouchtchev，Nikita Sergueievitch (赫鲁晓夫，苏联政治家，1894—1971)，p. 122，125，205，206.

Kouang-Si (Guangxi)（广西，中国的自治区)，p. 177.

Kristeva，Julia (克里斯蒂娃，语言学家，作家，出生于 1941)，p. 24，57，113，134，144.

Labiche，Eugène(拉比什，法国剧作家，1815—1888)，*La Poudre aux yeux*（《迷惑》)，p. 19.

La Bruyère，Jean de (拉布吕耶尔，法国作家，1645—

1696)，p. 207.

Lacan，Jacques（拉康，法国精神分析学家，1901—1981)，p. 119.

Lanson，Gustave（朗松，法国大学教授和文学批评家，1857—1934)，p. 207.

Lao Tseu（Laozi，老子，中国哲学家，《老子》的作者)，p. 135.

Lassalle，Ferdinand（拉萨尔，德国政治家，1825—1864)，p. 33，204.

Laurens，Jean-Paul（洛朗斯，1838—1921，法国历史场面画家和雕塑家，1838—1921)，p. 161.

Lénine，Vladimir Ilitch Oulianov，dit（列宁，俄国政治家，1870—1924)，p. 33，51，55，64，70.

-*Etat et la Révolution*（*L'*)（《国家与革命》)，p. 128.

-*Impérialisme*，*stade suprême du capitalisme*（*L'*)（《帝国主义是资本主义的最后阶段》)，p. 64，128.

Lévi-Strauss，Claude（列维-斯特劳斯，法国人类学家，生于1908)，p. 21.

Li Li San（Li Lisan，李立三，中国共产党1928—1930年实际领导人，大约1899—1967)，p. 53.

Li Ta (Li Da，李达，中国共产党创始人之一，1890—1966)，p. 51.

Lin (见 Lin Piao) .

Lin Li Kuo (Lin Liguo，林立果，林彪的儿子，1945—1971)，p. 203.

Lin Piao (Lin Biao，林彪，中国元帅和政治家，1907—1971)，p. 27，29-31，33，39，41，44，45，52，53，63-65，68，69，76，80，81，83，91，100，108，109，125，126，141，142，146，149，150，152，165，180，194，201-203，208.

Liu (见 Liu Shao Shi) .

Liu Jen Ching (Liu Renjing，刘仁静，中国共产党创始人之一，1899—1987)，p. 51.

Liu Shao Shi (Liu Xaoqi，刘少奇，中国国家领导人，1898—1969)，p. 29，30，37，39，51，53，68，76，96，108，122，123，125，141，142，180，197，201.

Lombroso，Fernand (隆布罗索，制片人)，p. 82.

Long Men (Longmen，龙门石窟)，p. 114.

Loyang，Luo Yang (Luoyang，洛阳)，p. 110-135.

Luccioni，Xavier (吕齐奥尼，建筑设计师)，p. 194，196.

Lukacs，Gyorgi（卢卡奇，匈牙利哲学家和文艺批评家，1885—1971），p. 210.

Lu Xun（Luxun，鲁迅，中国作家，中国现代文学奠基人，1881—1936），p. 55.

Mach，Ernst（马赫，奥地利物理学家和哲学家，1838—1916），p. 70.

Mam（妈姆，见 Barthes，Henriette）.

Mao，Mao Tse-toung（Mao Zedong，毛泽东，中国国家领导人，1893—1976），p. 24，25，30，33，39，40，42-49，49-54，56-59，69，71，76，78，79，81，82，91，97，103，105，107-109，111，122，125，130，131，135，137，142，147，149，151-154，162-165，177，178，181，197，204，207，208.

-*De La juste solution des contradictions au sein du peuple*（《关于正确处理人民内部矛盾》，1957 年 2 月 27 日），p. 64.

-*Petit Livre rouge*（*Le*）（《毛主席语录》），p. 131.

Maring，Hans alias Hendricus Sneevliet（马林，荷兰革命家，1883—1942），p. 52.

Marken（荷兰马肯岛），p. 26.

Marx，Karl（马克思，德国哲学家，1818—1883），p. 33，64，128，204.

-*Critique du programme de Gotha*（《哥达纲领批判》），p. 31，33，64，128，204.

-*Guerre civile en France*（*La*）（《法兰西内战》），p. 132.

Maupassant，Guy de（莫泊桑，法国作家，1850—1893），p. 70.

Mavrakis（Kostas，马夫拉基斯，哲学家），p. 194.

Melville，Herman（梅尔维尔，美国作家，1819—1891），p. 161.

Mencius（Mengzi，孟子，中国哲学家，公元前约380—前289），p. 126.

Ming（中国明朝，1368—1644），p. 95，173-176，187.

Mitterrand，François（密特朗，法国国家领导人，1916—1996），p. 193.

Molière，Jean-Baptiste Poquelin，dit（莫里哀，法国戏剧作家，1622—1673），p. 207.

Montagne aux Azalées（*La*）（《杜鹃山》，王树元等编

剧)，p. 167.

Montagne aux pins verts (*La*)(《青松岭》，中国电影，1974)，p. 102.

Moreux，Françoise (莫勒女士)，p. 183.

Nankin (Nanjing，南京)，p. 54，73-110，135.

-Pont de Nankin (南京长江大桥)，p. 40，75-78，81，148.

New York (纽约)，p. 115.

Peng Dehuai (彭德怀，中国元帅，1898—1974)，p. 53.

Pékin (Beijing，北京)，P. 21-34，145，159，161，163，166，168-213.

Peyrefitte，Alain (佩尔菲特，法国政治家，1925—1999)，p. 129.

PhS (见 Sollers，Philippe).

Picon，Gaçtan (皮孔，法国艺术批评家，1915—1976)，*Panorama de la littérature française* (《法国文学全貌》)，p. 207.

Pl (见 Pleynet，Marcelin).

Pleynet，Marcelin（普莱内，法国作家和艺术批评家，生于 1933），p. 63，110，121，168.

Pompidou，Georges（蓬皮杜，法国国家领导人，1911—1974），p. 141.

Ponge，Francis（蓬日，法国诗人，1899—1988），p. 63.

Prière d'une Vierge（《圣母祷告》），特克拉·把达切尔夫斯基（Thekla Badarczewska）的钢琴曲，p. 182.

Prise de la montagne du tigre（*La*）（《智取威虎山》，京剧），p. 73.

Qin Shi Huang Di（秦始皇，中国秦朝开国皇帝，公元前 221—前 207），p. 153，174.

Rêve dans le pavillon rouge（*Le*）（《红楼梦》，曹雪芹的小说，约 1715—1763），p. 83.

Rousseau，Henri dit le Douanier（卢梭，法国稚拙派画家，1844—1910），p. 143.

Rude，Francois（吕德，法国雕塑家，1748—1855），*La Marseillaise*（《马赛女人》，雕塑作品，1835—1836），p. 150.

Setchouan (Sichuan，四川，中国的省份)，p. 195.

Shanghai（上海)，P. 34-73，95，193.

Sian (Xi'an，西安)，p. 135-141，145-168.

Snow，Edgar (斯诺，美国记者，1905—1972)，p. 206.

Sollers，Philippe (索莱尔斯，法国作家，生于 1936)，p. 19，27，41，62-64，74，91，99，119，121，140，153，161，165，173，194，205，212.

Staline，Joseph Vissarionovitch Djougachvili，dit (斯大林，苏联政治家，1879—1953)，p. 51，54，122，165，203，205.

Sun Yat Sen (Sun Yat-Sen，孙中山，中华民国创始人，1866—1925)，p. 94.

Suzhou (苏州)，p. 73.

Tachai，Tatchai (Dazhai，大寨)，p. 104，105，141，152.

Tai-Yuan (Taiyuan，太原)，p. 169.

Tang (唐朝，618—907)，p. 136，161.

Tchaikovski，Piotr Ilitch (柴可夫斯基，俄国作曲家，1840—1893)，p. 154，181.

-*Lac des cygnes* (《天鹅湖》，1877 年于莫斯科 Bolchoi

剧院演出的芭蕾舞)，p. 181，185.

Tel Quel（《原样》杂志)，p. 31，32，41，63，79，212.

Tibet (西藏，中国的自治区)，p. 138，179，181，182.

Trotsky，Lev Davidovitch Bronstein，dit Leon (托洛茨基，俄国政治家，1879—1940)，p. 54，55.

Tual，Christian (蒂阿尔，法国驻北京大使馆的专员)，p. 183，184，195，196.

Urt (于尔特，罗兰·巴尔特在农村的住房所在地)，p. 160.

Wahl，François (瓦尔，法国哲学家)，p. 127，153，154，166，182，204.

Wang Chong (王充，中国哲学家，27—约 100)，p. 70.

Wang Ming(王明，中国共产党党员，1904—1974)，p. 53.

Wang Pu (Huang Pu，黄浦江)，p. 36，60.

Weber，Carl Maria von (韦伯，德国作曲家，1789—1826)，p. 154.

Wuhan (武汉)，p. 51.

Yang Tse（Yangzi，长江），p. 60，103，176.

Yanne，Jean（亚纳，法国电影艺术家，1933—2003），*Les Chinois à Paris*（《中国人在巴黎》，影片，1974），p. 21.

Yenan（Yan'an，延安），p. 161—165，178.

Zola，Emile（左拉，法国作家，1840—1902），p. 70.

译后记

1974 年春天的中国大地，依然笼罩在“阶级斗争”、“路线斗争”的浓重气氛之下，当时的“批林批孔”运动把所有人都卷了进去，人们自 1966 年“文化大革命”以来一直紧绷的政治神经，再一次受到了空前的调动。正在这时，中国迎来了一个法国《原样》（*Tel Quel*）杂志社组织的包括罗兰·巴尔特在内的五人代表团。他们在 24 天中访问了北京、上海、南京、洛阳和西安，参观了工厂、农村、大学，并游览了沿途名胜古迹。在行程临近结束、在他“为整理出一种索引而重读这几本日记的时候”，他认为，对于他在中国看到的一切，他不可能取“内在于”的话语方式表示赞同，也不可能取“外在于”的话语方式去进行批评，而只能是“零散地描述一次旅行”，属于“现象学”的做法。但是，他在这些日记中，除现象学的描述之外，还通常把自己当时的一些思考放在被记述的见闻之后，或放在方括号之中，而正是这些内容使我们了解到，作者对其这次旅行总体上所持的是否定态度。其中，作者对当时的中国所作的最为严厉的批评，就是“俗套”的滥用：“新颖性已不再是一种价值，重复也不再是一种毛病。”本文拟结合“俗套”的历史概念和包括罗兰·巴尔特这部《中国行日记》在内的他的其他著述，介绍一下他有关“俗套”的符号学理论。

一

“俗套”（stéréotype）一词，最早是印刷领域的术语，它在19世纪初指的是凸面模板，后来于20世纪初被移用到心理学和社会学领域，指不假思索地被接受的重复观念。因此，这一概念具有两个方面的特征：一是缺乏新颖性，二是被广泛接受。由于它是一种适应性很强的概念，所以，它自然会出现在一些集体意象和文化模式之中。这样一来，所有的话语形式便均与之有关，自然也包括文学话语。文学话语，是通过沿用习惯语的修辞学手段来借用固定的模式，并带入社会内容和意象。有关“俗套”的研究，法国作家福楼拜（1821—1880）在其《习见词典》（*Dictionnaire des idées reçues*，1850）中对此进行过最为大胆的阐述，并借以否定了资产阶级观念。进入20世纪后，美国广告学者李普曼（*Walter Lippmann*，1889—1974）在其著作《公共舆论》（*Opinion Publique*，1922）中指出，俗套是我们头脑中的一些意象，而这些意象承担着我们与真实世界之间的中介。这就告诉我们，俗套具有某种程度的认识功能（例如主题、体裁、民族印象、民族文化等），尽管在多数情况下，它被贬为“僵化”和“人云亦云”的同义词。今天，专门从事“俗套”研究的学者，当属以色列特拉维夫大学的法国文化学教授吕特·阿莫西的工作和成果最为突出，她出版了多部相关著述，如《套语之话语》（*Les Discours du cliché*，1982）、《习见：俗套符号学》（1991），而她与别人合作1997年于纳唐（Nathan）出版社“128丛书”中出版的《俗套与套语》（*Stéréotype et cliché*，1997 Nathan，2007 Armand Colin）一书已经在我国翻译出版（2003，天津人民出版社），该书简明而系统地介绍了这一概念的形成与发展和从符号学上进行的最新研究成果。在她看来，“俗套”就是“一种预知模式”，而这种模式的特点就是“在其被说出时总是可变的”[①]。从时间上讲，由于她晚于罗兰·巴尔特，所以，在她的著述中不乏引用罗兰·巴尔特观点的地方，可见，罗兰·巴尔特有关“俗套”的符号学理论影响之大。在法语中，与“俗套”属于同一类的词语还有“套语”（cliché）、“窠臼”（poncif）、“习见”（idée reçue）和“老生常谈”（lieu commun），甚至还可以包括“成见”（idée préconçue）。与这些词语相比，“俗套”虽然是最晚出现的，但它具有使用领域更宽、伸缩性更大的特点。在我国文学和文化发展史上，虽然没有对“俗套”的定义做过确定，也不曾对其有过认真深入的阐述，但是，反对俗套的各种形式的运动则始终不断。唐朝韩愈发起的古文运动，与六朝以来流行很久的骈文（俗套）作对，并逐渐压倒了骈文，推动了散文的发展；宋初王禹偁等人对于诗文中的浮华作风的批判；八股文又称八比文，是中国明、清皇朝考试制度中规定的一种特殊文体，它内容空洞，专讲形式，从康熙初，经雍正至乾隆，近百年的漫长时期中，民间和官方对八股文存废的争议始终没有间断过。

---

① Ruth Amossy（吕特·阿莫西）：*Les Idées reζues：sémiotique du stéréotype*，（《习见：俗套符号学》）Nathan，1991，p. 22，23。

1905 年（光绪三十一年），袁世凯和张之洞上摺，得到谕允，于是，有着 700 年历史的八股文寿终正寝；毛泽东对于党内“八股文”的分析和批判有其独到之处，他 1942 年 2 月 8 日在延安干部会上的讲演是一篇反对“俗套”的经典文章。他指出“党八股”是一种洋八股或称老教条，并总结和分析了它的八大“罪状”，其中包括“空话连篇，言之无物”、“无的放矢，不看对象”、“语言无味、像个瘪三”等均与西方“俗套”概念部分相似，而与罗兰·巴尔特在《中国行日记》中流露出的对于当时中国漫天飞舞的“俗套”的感受更为贴近。

二

我们要想了解罗兰·巴尔特对于“俗套”的完整论述，就必须过问他在这部日记之前、之中和之后对于这一概念的确定和使用情况，因为“俗套”早已是他符号学思想的重要组成部分。

我无法考证罗兰·巴尔特最早是从什么时间开始谈及俗套的，只能从我翻译过的他 1974 年之前已经发表或虽已写出但后来才发表的著作中寻找一下他此前有关俗套的论述。他1964年出版的《文艺批评文集》在这方面已经有了许多例证。这本书共选有他从1954年到1963年陆续发表的33篇文章。其中，1959年发表的《关于布莱希特的〈母亲〉》一文有这样的内容："……她根本不拘泥于俗套：一方面，她不宣传马克思主义，也不对人剥削人做抽象的长篇大论……"① 这显然是对于习惯做法和语言内容而言的。1962年发表的《杂闻的结构》一文这样说："似乎，杂闻的所有内在关系都可以最终归为两种类型。第一种是因果关系。这是一种极为频繁的关系：损害及其动机、事故及其结果。当然，根据这种观点，还有一些有影响力的俗套：激情悲剧、金钱犯罪等。……它向着人们可以称为个人戏剧（儿童、老人、母亲等）即情绪性的、负责增加俗套活力的本质的东西移动。"② 他在对于"俗套活力"的脚注中解释道："在俗套杂闻（例如激情犯罪）中，叙事越来越看重偏移的结果……"③ 他又说："杂闻更富有原因的偏离性：根据某些俗套，人们在等待一种原因"④，"因为巧

---

① *Essais Critiques*（《文艺批评文集》），Seuil，1963，p. 148。

②③ *Essais Critiques*（《文艺批评文集》），Seuil，1963，p. 195。

④ *Essais Critiques*（《文艺批评文集》），Seuil，1963，p. 198。

合使某些情境俗套周而复始，所以它就更是引人注目的”[1]，显然，这是从杂闻的内部结构特征和变化特征方面即这种体裁的“套式”上来谈的。1963年发表的《眼睛的隐喻》一文，对于眼睛的隐喻作用有过这样的阐释：“第一种隐喻的那些词项与第二种隐喻的那些词项同时出现，并且巧妙地按照祖传的俗套成对地连接着。这些传统的组合体……显然包含着很少的信息。”[2] 这里说的，还是某种“套式”。而他于1969年写成却在去世后的1987年出版的《偶遇琐记》一书中，只有一处见到了俗套一词：“一个姑娘向我乞讨：‘我父亲死了。我讨钱是为了买个练习本和别的什么。’”[3]（乞讨的丑陋之处，在于不脱俗套），无疑，这里指的是习惯用语。

那么，罗兰·巴尔特在《中国行日记》中有关“俗套”的论述是什么情况呢？在这本书中，“俗套”一语出现过10余次，我们似乎可以从三个方面进行概括：

首先，我们看一看他注意到的俗套类型。当《原样》杂志代表团参观北京新华印刷厂时，革命委员会负责人向

---

① *Essais critiques*（《文艺批评文集》），Seuil，1963，p. 201。

② *Essais critiques*（《文艺批评文集》），Seuil，1963，p. 251。

③ *Incidents*（《偶遇琐记》），Seuil，1987，p. 54。

参观者滔滔不绝地宣讲路线斗争和厂内开展的“批林批孔”运动，罗兰·巴尔特对于这位负责人的评价是“（这位职业印刷者的）文化越高，俗套就变得越多起来 ≠ 西方”；那么，在这个到处都是俗套的国家，他自己的感觉则是“[对于俗套的反感的上升]。讲话太长，太累了，懒于记录下去”；对于一位陪同他的作家的发言，他的评论是：“[遗憾的是，这位作家是最为俗套的]”。这些看法，显然是从语言的表达习惯方面来说的。在这本日记中，我们只注意到两处是与“意象”有关的：“还是那些孩子合唱。动作俗套，手指分开”，“[在这里，出现了与我的富有魅力的老敌人的对立：俗套＝龙]”。我们说，不管是语言表达习惯，还是意象，它们都还属于传统意义上的俗套概念。

其次，我们注意到，罗兰·巴尔特在谈论俗套时，多处是与“多格扎”（doxa）一起提出，这使我们对于它们之间的从属关系有了明晰的了解。我们看：“[回想在印刷厂的参观和那些谈话]。多格扎非常严重，是由大堆俗套加固构成的”，“而在我们国家，要是创新，要是避开多格扎的折磨，就必须消除俗套本身”。这显然是说，多格扎是个上位词，而俗套是个下位词。那么，什么是多格扎呢？多格扎是一个希腊文词语，指的是与科学知识相对立的东西。

在法语中，它最早出现在17世纪的诗文之中。到了18世纪启蒙时代和后来的浪漫主义时期，它已经被当作“新颖性”的反义词——“老生常谈”——受到了批判，而在《习见词典》中，福楼拜直接把批判矛头指向了资产阶级的“老生常谈”。现在，这个词被确定为“在一个社会内部于特定时期出现的全部舆论和一般说来被当作规范来接受、因此是主导性的模式”[①]。

最后，罗兰·巴尔特在频频列举“俗套”的同时，不下30次提到了“砖块”概念。我们看：“[批判林彪：有着最为密集的砖块。在一句话的长度中，有多少砖块啊?] 真是誓言话语。另有一种砖块：‘两千多年前，孔夫子妄想恢复旧的礼仪。恢复旧的礼仪，就是恢复朝廷失去的天堂……’”“[很少能对于一个具体问题有一种回答（‘在工厂里还有阶级敌人吗?’）。有的是：数字与砖块。]”“[负责人对数字非常清楚。他很会讲话……带有与之相适的政治砖块……]”“对于林彪的砖块语言：甜言蜜语，红旗，两面派等”“[索莱尔斯错过了从赵向导那里获得一份‘资料’的机会，该资料便是一位翻译者必备的包括所有‘砖块’

① *Dictionnaire du littéraire*（《文学观念词典》），PUF，2002，p.162.

的一份纯粹的、不加掩饰的单子……]”“[统计关键词，即汇总砖块……]”“[大量的砖块。越是说到文化，就越是砖块。]”“[老同志最终以‘两面派’和‘暴露过程和认识过程’这样的砖块避开了索莱尔斯的挑衅性话语。]”“教授继续开列林彪的罪行名目（都是抽象的）和砖块名目。”“[那位妇女也以漂亮的声调开始堆砌她的砖块。]”等等。甚至有时，“砖块”是与“俗套”放在一起使用的，例如“[似乎应该重新采用以下记录：这些连篇讲话的设计、俗套（砖块）、比较、曲线、修辞格等……]”。倒是出版社为这部日记的出版所写的按语和所做的注释为我们打开了理解“砖块”以及“俗套”与“砖块”的关系的窗户，按语中说：“这种考虑无不充满着习惯性的句法结构（即罗兰·巴尔特所说的‘砖块’）。”第 30 页的脚注 20（即本书 24 页注③）说得更为明确：“砖块（brique）是俗套的、熟语的一种单位。”其实，我们不妨说得更明白一点，“砖块”就是一个个独立的单词或熟语。

这就告诉我们，罗兰·巴尔特的“俗套”概念可分为三个层次：多格扎是由“俗套”组成的，而“俗套”又是由“砖块”组成的。他对于这三个概念之间关系所做的这种明确阐释，也是他的“俗套”概念与传统概念的重要区别之一。当然，他也时常将它们混合使用。

至于罗兰·巴尔特在这部日记之后的出版物，我们要特别提及《罗兰·巴尔特自述》和《就职演说》（*Leçon*）。前者是作者只用了 27 天于 1974 年 9 月 3 日完成的，后者是 1977 年作者被聘为法兰西学院（Collège de France）文学符号学教授后的第一次授课内容，1978 年以单行本出版。由于它们是正式出版物，作者从他作为文学符号学家的地位出发，对于"俗套"或"多格扎"给出了更多的思考并进一步明确。他在《罗兰·巴尔特自述》中对于"俗套"和"多格扎"的确定分别是："俗套意味着固定"①，"俗套，言语活动的寝室"②；"多格扎……即公共舆论，即多数人的精神，即小资产阶级的一致意见，即自然性的语态，即偏见之暴力"③。而《就职演说》从符号特征方面就"俗套"给出了后来多被人引用的著名的确定："语言所赖以形成的符号，只因为它们被辨认出来，也就是说被重复，

---

① *Roland Barthes par Roland Barthes*（《罗兰·巴尔特自述》），Seuil，1975，p. 61.

② *Roland Barthes par Roland Barthes*（《罗兰·巴尔特自述》），Seuil，1975，p. 142.

③ *Roland Barthes par Roland Barthes*（《罗兰·巴尔特自述》），Seuil，1975，p. 52.

才存在；符号是尾随主义的、群居性质的；在每一个符号上，都沉睡着这样一种魔鬼：一种俗套——我从来都是在搜集语言中散落的东西的情况下才说话。从我开始陈述，有两种做法就汇集在我身上，我既是主人又是奴隶，我不满足于重复已经被说过的东西，不满足于舒适地待在符号的奴役地位之中：我说出、我断言、我顶撞我所重复的东西。"① 可见，"俗套"就是符号的重复。

罗兰·巴尔特对于"俗套"和"多格扎"一直持批评的态度。比如"俗套可以用疲倦一词来评定。俗套，即开始使我感到疲倦的东西"②，"应该从这种半语法的、半性别的寓言出发去认识俗套的抑制作用"③；而"多格扎是一种不佳的对象，因为它是一种死去的重复，它不来自人的躯体，或者也可以准确地说，是来自死人的躯体"④，"多格扎是压制人的。但也许是镇压人的……"⑤，等等。不过，他也告诉人们如

---

① *Oeuvres Complètes*（罗兰·巴尔特三卷本《全集》），tome 3，1995，p. 803 - 804.

②③ *Roland Barthes par Roland Barthes*（《罗兰·巴尔特自述》），Seuil，p. 86.

④ *Roland Barthes par Roland Barthes*（《罗兰·巴尔特自述》），Seuil，p. 71.

⑤ *Roland Barthes par Roland Barthes*（《罗兰·巴尔特自述》），Seuil，p. 112.

何克服“俗套”和“多格扎”从而获得新的解读与进步。

这也是他在这一方面的突出贡献。他在《中国行日记》中已经注意到“强烈的、个人的思想（‘政治意识’，分析的适应性）应该在俗套结构的缝隙之中被解读”，“他经常从俗套、从在他身上存在的庸俗的见解出发”等。而他在《罗兰·巴尔特自述》中则明确地提出了克服“多格扎”的方法与步骤，那就是建立“反-多格扎”即“悖论”：“反应性训练：一个多格扎（一般的舆论）出现了，但是无法接受；为了摆脱它，我假设一种悖论；随后，这种悖论开始得以确立，它自己也变成了新的成形之物、新的多格扎，而我又需要走向一个新的悖论”。[①] 这是对于“俗套”和“多格扎”认识的一种升华。作为文艺理论家和符号学家，他在这里所说的，虽然是指文学或文化上的发展规律，但社会的进步又何尝不是如此呢？

三

罗兰·巴尔特的“俗套”理论，涉及符号学多方面的

① *Roland Barthes par Roland Barthes*（《罗兰·巴尔特自述》），Seuil，p. 71.

基本概念。下面，我们拟有选择地结合一些概念在《中国行日记》中出现的情况，分析罗兰·巴尔特的使用意义，并希望这样做能有助于读者去理解相关句子。

我们先看一下“能指”的出现情况。“能指”这个概念在这本书中出现不下10次。其第一次出现见于罗兰·巴尔特参观西安大雁塔时的描述。他说：“［我的现象学水平＝能指的水平。在中国，唯一的能指＝字体（毛泽东的书法，大字报）］”。我们知道，现象学自胡塞尔（1859—1938）创立以来，是研究各种现象之间逻辑关系的科学，梅洛-庞蒂（Merleau-Ponty，1908—1961）的现象学研究已经涉及了符号，并成为欧洲大陆符号学研究的源头之一。按照索绪尔—叶姆斯列夫学派有关语言符号的理论，一个符号是由一个能指与一个所指构成的，而能指是表达平面，所指是内容平面。这无疑还是对于现象学“显示”概念的深入确定。罗兰·巴尔特来到中国后，人们向他介绍的东西，千篇一律，毫无变化，而他又对这些俗套带给他的内容无任何理解，所以，他也就只能停留在表达平面即能指方面。他唯一注意到的和有变化的东西，便是毛泽东的书法和人们以不同字体书写的大字报。不过，随着参观的增多，他还是注意到了其他一些能指“［各种能指：字体，体操，食物，衣服]”，而他所喜欢的只是个别“［特定能指……]”。在当时中国的大环境下，他注意到了“能指”的使用特点：“审查和压抑能指。是取消文本而让位于言语活动吗?”，“能指的减弱、变少（与宗教上的禁条有关系）＝这是我们这次旅行的水平”，“能指：不需要加外装。在这里，能指接近所指”，“[在这个国家，只有政治说得上是文本，也就是说，只有政治说得上是能指——不管怎么说，没有艺术!]”对于罗兰·巴尔特的这些看法，是需要作一番解释的。他感觉“能指”是受到了“审查和压抑”，是因为他注意到所有的介绍几乎都是相同的俗套语言，而很少有介绍者自己的“个人习惯语”，这使他自然想到了有“新闻审查”或是某种规定的存在；在他看来，那些俗套只能说是“自然语言”（“言语活动”）而无法组成“链式”连接的整体即“文本”；由于大家说出的都是俗套，因此，“能指”在“减弱、变少”，而成了宗教上很少的信条；“能指”在什么情况下才可能接近“所指”呢？按照叶姆斯列夫对于符号学的分类，只有“单平面符号学”才会出现这种情况，例如“交通标志牌”或“象形符号”，也就是说，“能指”与“所指”几乎合一；在罗兰·巴尔特进入中国参观不久，他就注意到，除了毛泽东的书法之外，当时人们没有真正的生活与艺术：“‘生活’（叙事），只能按照圣徒传记的意义来理解”，而“文化大革命”和“批林批孔”则成了主要的“能指”和可以以各种“砖块”结合成“链”的套式“文本”。可以说，这正是对那个时代的真实写照。

我们再看一看他对于“所指”的判定。在这部日记中，“所指”虽然出现不多，但是它带给我们的思考却无不深刻。他在参观半坡博物馆时，对于解说词和模型的评语是“所指的话语（砖块）”，他在听取中央民族学院的领导与教师的介绍后的评语是：“[注意：也许砖块存在于翻译之中，因为经常有时候，一个人说话很长，并且引人发笑，但经过翻译，就最后归结为一种砖块、一种所指。]”这两处引文，无不使我们看到，罗兰·巴尔特的“所指”就是前面所说的“砖块”。由于“砖块”就是一个个的单词，而单词通常又是一个独立的符号，所以，我们认为，罗兰·巴尔特在论述“砖块”时，常常只看重符号的“所指”方面。他在参观半坡博物馆时，还有一处谈到了所指：“［所指的平面：也就是说，堵塞位置的东西、拦住能指的东西，完全地排斥能指。在博物馆，很难使能指去说明史前渔民村庄里画的鱼是一种图腾］”，这里说的是，作为表达平面的解说词（能指）与作为图腾（所指）的鱼的图案完全脱离，亦即没有把出现在古代生活中的鱼的图案与古代人的原始宗教崇拜结合在一起。最后，作者在离开北京之前，定做了一套西装，他把它作为这次旅途中富有生活情趣的一件大事："[‘我的西装，是旅行的顶点’——肯定是，为逃避旅行的严肃所指，为把在政治旅行的诚意合理地化作乌有。]"我们在此引用日记的编者为这句话所做的注释："在罗兰·巴尔特中国行之中，他曾希望有一套合身的西装，最终他只好定做。这一句关于西装的话，成了罗兰·巴尔特某种带有讽刺意味的无聊之谈。"[①]。

该书第144页借用一种"反讽"手法告诉了我们使用"俗套"的一般意义效果："[……为俗套言语活动说几句好话：俗套言语活动为说话主体提供自如、安全、不出错误和尊严，而说话人在这种情况下（当着‘群众’）变成了无侵占之嫌的主体。因为在这种情况下，这种言语活动不占据任何他人的位置，它等于是一种非言语活动，它允许主体说话。……]"这就是说"俗套"？具有"非言语活动"的特点，利用这种特点可以"夸夸其谈"、"明哲保身"。这

① 见原书第188页，第三本日记注释26（即本书265页注释①）。——译者注

段引文提出的“非言语活动”，是一种只有“能指”而没有或不大有“所指”即“言之无物”的言语活动，它类似于符号学上的“标示”（indice），是一种尚无明确意义可谈的状况。罗兰·巴尔特有关“非言语活动”的论述，我最早见于他1960年发表的《作家与写家》一文：“知识分子的写作，就像一种非言语活动的反常符号那样运作着，它使社会体验一种无系统（无机制）的交际的梦想：写作而又不写出，沟通纯粹的思想而又无须这种沟通形成任何寄生讯息……”[①] 除了这种可以“自保”的作用外，我们顺便指出，“非言语活动”还可以导致错误判断。我们都知道“狼来了”的故事：当小孩子第一次喊出“狼来了”时，人们都动员了起来，但却没有见到狼（能指未与所指结合）；后来当他再喊“狼来了”，便没有人再信，喊了等于没有喊（只有能指，而无所指），这便是“非言语活动”；而当真的有“狼来了”时（能指与所指结合），人们因无任何反应而受到了伤害。这就是“非言语活动”以及“俗套”的意义效果可能带来的混淆视听的破坏作用。

作者也对他见到的从苏联搬来的许多艺术表演俗套给

① *Essais Critiques*（《文艺批评文集》），p. 159.

予了批评，例如“在无数艺术形式中，为什么选择这种形式呢？是因为被承认和被强加的标准就是内容吗？因为这种形式来自于某个地方，是直接的互文性：干部断决（决定）、甚至自觉地‘发明’。接受过的教育，要么是小资产阶级的，要么是苏联的（这是相同的），但这种教育没有受到批判。”这就告诉我们，搬用外国的模式和接受外来的教育，也是一种“俗套”，而“俗套”也是一种“互文性”关系。何谓“互文性”呢？按照格雷马斯的定义，“互文性包含着一些独立的符号学（或‘话语’）的存在，在这些符号学内部，接连地进行着或多或少是隐性的模式构建过程、复制过程或转换过程”[①]。实际上，这些过程体现在语义和句法结构两个方面，它再现着不同文本之间在内容和结构上的联系和共同点。回想在那个年代，我们虽然批判苏联的修正主义，但是，我们有多少东西不是从苏联直接拿来就用的呢？技术上是如此，艺术表现形式上也毫无例外。

这部日记的第 140 页上有一段文字，读者也许会感到费解：[自从有言语活动，就不会有单纯的唯物论。教条唯

① 格雷马斯（A. J. Greimas）与库尔泰斯（J. Courtès）合著《符号学，言语活动理论的系统思考词典》，*Sémiotique*，*dictionnaire raisonné de la théorie du langage*，194 页。

物论与言语活动对于事实的否定并行不悖。马克思主义者的弱点——每当索莱尔斯主动和挑衅性地发表一通马克思主义的讲话、每当他使唯物主义成为某种直接陈述句的时候，他便忘记了言语活动，到头来，他就不再是唯物主义者了。］这使我们联想到了他对于文学“现实主义”的论述：“在一种异化的社会里，文学也是异化的”[①]，“文学远不是对于真实的一种类比性复制，相反它是对于言语活动的非真实的意识本身：最为‘真实的’文学，是意识到自己是最为非真实的文学。在文学意识到自己是言语活动的情况下……现实主义并不可能是对事物的复制，而是对言语活动的认识。”[②] 这是因为，“言语从来就不能阐释世界，或者至少，当它假装阐释世界的时候，它从来就只是为了更好地推移世界的含混性。……它是有距离地与真实联系在一起的”[③]。这就是说，唯物主义虽然是对物质世界的一种认识，但它一旦通过言语活动表达出来，也就被打了“折扣”。这当然需要做进一步的阐释，但是，由于它涉及到从客观世界到符号再到认知能力、意识形态等一系列复

---

① *Essais Critiques*（《文艺批评文集》），Seuil，p. 164.

② *Essais Critiques*（《文艺批评文集》），Seuil，p. 169.

③ *Essais Critiques*（《文艺批评文集》），Seuil，p. 154.

杂问题，这就不是笔者和这篇文字所能完成的了。

再有，这部日记的第 188 页，罗兰·巴尔特结合他在北京劳动人民文化宫的所见，写有这样一个评语：“［古希腊的聚合体：Téleutè/Askèsis。在这里，不完全等于这个聚合体……”这里涉及到了“聚合体”这个概念。我们从编者对这个聚合体的注释中了解到，在古希腊语中，Téleutè 意味着“结论，结果”，而 Askèsis 意味着“练习，实践，生活方式”。在符号学上，“聚合体”最早指“单词的词形变化图式或强调图式（性数变化、动词变位等）。这个概念，在被扩展和重新定义之后，被用来不仅构成语法类别，而且构成音位类别和语义类别”①，也就是说，聚合体是“在组合关系链上可以占据同一位置的一种要素类别，或者，也可以说，它是在同一语境中可以互相替换的一种要素集合”②。我们说得明确一些，聚合体就是同义词、近义词、反义词等。在罗兰·巴尔特的著述中，他经常把意义对立的两个词放在一起，中间用一个斜杠分开，例如，“主动性/反应性”、“多格扎/反多格扎”、“主动/被动”、“生/死”

---

① 《符号学，言语活动理论的系统思考词典》，p. 194。

② 《符号学，言语活动理论的系统思考词典》，p. 266。

等，这样的结合也是一种聚合体。古希腊的这个聚合体，后来形成欧洲文化的一种传统，即人们把“结果”与“生活”是放在一起考虑的。而在当时的中国，人们都去“抓革命”了，不仅生产受到了实际的影响，日常生活也毫无丰富多彩可言。所以，罗兰·巴尔特叹道：“在这里，不完全等于这个聚合体。”

阅读和翻译外国人写的有关我们国家的书，可以使我们了解外国人观察我们的角度和对我们的批评，这有助于我们更全面地认识自己。这本《中国行日记》就起到了这种作用。不过，我们也在文中注意到作者根据他的文化背景，即他的“俗套”，对某些见闻做出了并非正确的判断。我们知道，这种文化上的差异，会随着时代的前进和国家之间社会、经济和文化发展差距的缩小而缩小。好在，日记中描述的那个年代早已过去了。重新解读那个年代，可以使我们避免再犯过去的错误，而罗兰·巴尔特对“俗套”进行的符号学上的确定和对我国当时异常泛滥的“俗套”现象的分析与批评，是不是也可以提醒我们在各个领域要时刻防范和突破“俗套”而前进呢？

2011年5月

Carnets du Voyage en Chine

by Roland Barthes

Cet ouvrage a bénéficié du soutien des Programmes d'aide à la publication de L'INSTITUT FRANÇAIS/Ministère français des Affaires étrangères et européennes.

图书在版编目（CIP）数据

中国行日记/（法）罗兰·巴尔特著；怀宇译．—北京：中国人民大学出版社，2011.11

（明德书系·文化译品园）

ISBN 978-7-300-14621-8

Ⅰ．①中… Ⅱ．①巴…②怀… Ⅲ．①日记-作品集-法国-现代
Ⅳ．①I565.65

中国版本图书馆 CIP 数据核字（2011）第 219473 号

明德书系·文化译品园

中国行日记

[法] 罗兰·巴尔特 著

[法] 安娜·埃施伯格·皮埃罗 整理、注释

怀宇 译

Zhongguoxing Riji

出版发行	中国人民大学出版社		
社　　址	北京中关村大街 31 号	**邮政编码**	100080
电　　话	010－62511242（总编室）		010－62511398（质管部）
	010－82501766（邮购部）		010－62514148（门市部）
	010－62515195（发行公司）		010－62515275（盗版举报）
网　　址	http://www.crup.com.cn		
	http://www.ttrnet.com（人大教研网）		
经　　销	新华书店		
印　　刷	涿州市星河印刷有限公司		
规　　格	130 mm×183 mm　32 开本	**版　　次**	2012 年 1 月第 1 版
印　　张	11.625 插页 2	**印　　次**	2013 年10月第 3 次印刷
字　　数	175 000	**定　　价**	32.00 元

明德书系·文化译品园

译介文化 传播文明

《中国行日记》
[法] 罗兰·巴尔特

《哀痛日记》
[法] 罗兰·巴尔特

《偶遇琐记 作家索莱尔斯》
[法] 罗兰·巴尔特

《罗兰·巴尔特最后的日子》
[法] 埃尔韦·阿尔加拉龙多

《男性统治》
[法] 皮埃尔·布尔迪厄

《自我分析》
[法] 皮埃尔·布尔迪厄

《世界的苦难》
[法] 皮埃尔·布尔迪厄

《嘴唇曾经知道：策兰、巴赫曼通信集》
[德] 保罗·策兰 [奥地利] 英格褒·巴赫曼